Krystyna Kuhn
Märchenmord

Krystyna Kuhn

Märchenmord

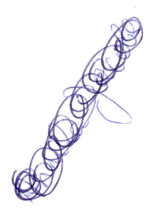

Arena

Für Mascha

In neuer Rechtschreibung

2. Auflage 2007
© 2007 by Arena Verlag GmbH, Würzburg
Alle Rechte vorbehalten
Covergestaltung: Frauke Schneider unter Verwendung eines Fotos von
Brand X Pictures und Image Source © jupiterimages
Gesamtherstellung: Westermann Druck Zwickau GmbH
ISBN 978-3-401-06087-3

www.arena-verlag.de

*Einst sprach nun Scheherazade zu ihrem Vater:
»Mein Vater! Ich will dir mein Geheimnis anvertrauen;
ich wünsche, dass du mich mit dem Sultan Scheherban
verheiratest; denn ich will entweder die Welt von dessen
Mordtaten befreien oder selbst sterben wie die andern.«
Als ihr Vater, der Wesir, dies hörte, sagte er:
»Du Törin, weißt du nicht, dass der König geschworen hat,
jeden Morgen sein Mädchen töten zu lassen?
Wenn ich dich also zu ihm führe, so wird er
mit dir dasselbe tun.«
Sie antwortete: »Ich will zu ihm geführt werden,
mag er mich auch umbringen.«*

Märchen aus Tausendundeiner Nacht

Prolog

Ich weiß nicht mehr, ob es gute Geister oder böse Dschinns waren, die mir zur Flucht verholfen haben.
Das entscheidet allein Allah, hätte meine Mutter gesagt. Doch sie ist tot. Wie immer, wenn ich an sie denke, küsse ich dreimal das Amulett.
»Es soll dich immer beschützen, Najah.« Das waren ihre letzten Worte.
Schnell drei Sprüche aus dem Koran, denn wie sagt Pauline? »Man weiß nie, wofür was gut ist.«
Dass ich in letzter Sekunde Karim und Onkel Ahmed entkommen bin, habe ich nur ihr zu verdanken. Als sie die beiden vor der Schule sah, hat sie mich kurzerhand im Biologiesaal im Schrank mit den ausgestopften Tieren versteckt. Dann brachte sie mich am Abend in diese Wohnung.
Nein! Dieser Albtraum – er wird nie enden! Niemals! Karim und Onkel Ahmed werden nie aufhören, nach mir zu suchen. Und wenn sie mich gefunden haben, werden sie mich töten.
Unten fällt die Haustür krachend ins Schloss. Schritte eilen die Treppe hoch.
Ist sie das? Pauline? Ich muss mit ihr sprechen. Heute noch. Julien darf in keinem Fall nach Paris kommen.
Nein! Sie ist es nicht.
Pauline ist leise.

Sie huscht die Treppen hoch wie eine Maus.
Die Schritte verebben. Ein Schlüsselbund klappert. Eine Tür schlägt zu. Es wird wieder ruhig im Treppenhaus. Jetzt sind nur noch die beiden Kinder oben in der Wohnung zu hören. Sie rennen hin und her. Hin und her. Die Stille macht Angst und das Getrampel über meinem Kopf macht Angst.
Vor. Zurück. Vor. Zurück.
Ich lausche wie nachts in der Wüste, wenn man auf jedes Geräusch hört, wenn die Welt leer wird und kalt, wenn die Stille laut aufheult mit den Schakalen, die um das Feuer schleichen und jaulen vor Ungeduld.
Ja, Karim wird mich töten. Deshalb hat Pauline gesagt, dass ich mich nicht rühren soll. Ich soll kein Wasser laufen lassen und allenfalls einmal am Tag die Toilettenspülung benutzen. Ich soll das Licht nicht anschalten. Ich soll die Fensterläden nicht bewegen. Ich soll nicht einmal zum Fenster hinausschauen. Keiner darf von dem Versteck wissen. Niemand darf ahnen, dass ich hier bin. Für die Kinder dort oben existiere ich nicht, die Leute dort unten auf der Straße wissen nichts von mir.
Allah, ich habe furchtbaren Durst. Der Kanister ist nur noch am Boden mit Wasser bedeckt. Nur nichts verschütten.
Und ich sterbe vor Hunger.
»Da sitzt ein Dschinn in deinem Bauch, der etwas zu essen will«, hat meine Mutter immer gelacht, wenn mein Magen knurrte, und mir süße Dattelbällchen in den Mund gesteckt.
Das Fladenbrot aber ist inzwischen so hart, dass ich Angst habe, mir einen Zahn auszubeißen.
Wo bleibt nur Pauline?
Habe ich mich im Tag geirrt?
Sonntag? Montag? Dienstag?
Seit zwei Wochen gibt es keine Zeit mehr für mich. Keine Sekunden, keine Minuten, keine Stunden, nur der Moment, wenn

die Sonne hinter den Fensterscheiben auf- und untergeht. Nur Tag und Nacht.

Der einzige Trost sind Juliens Briefe. Ich habe sie zur Sicherheit unter einer losen Holzdiele im Flur versteckt. Immer wieder hole ich sie hervor, um sie zu lesen. Werde ich ihn wiedersehen? Ich kann mich nicht beherrschen, gehe zum Fenster und spähe am Rahmen vorbei auf die Straße.

Wo bleibt nur Pauline?

Gegenüber, auf der anderen Straßenseite, steht der Junge, der den Leuten die Schuhe putzt. Ich beobachte ihn, wie er wild gestikulierend mit den Kunden spricht, die in seinem Stuhl sitzen. Wie er vor ihnen kniet und mit der Bürste über ihre dreckigen Schuhe fährt. Alles wie immer.

Monsieur Saïd räumt die Melonen in den Laden. Allah, mir läuft das Wasser im Mund zusammen. Wie gerne würde ich wieder einmal in eine gelbe, saftige Honigmelone beißen.

Vielleicht kann Pauline noch nicht von zu Hause weg? Vielleicht muss sie ihrer Mutter helfen?

Jetzt hält vor dem Haus gegenüber ein Taxi. Eine Frau in einem kurzen schwarz-weiß gepunkteten Kleid steigt aus. Mit unverhüllten Beinen. Sie sieht aus wie ein Dalmatiner. Kurz darauf ein Mädchen. Dreizehn oder vierzehn Jahre. Nicht viel jünger als ich. Ihre Haut ist wie Milch und ihre Haare so hell, dass sie in der Sonne zu Licht werden. Sie trägt einen kurzen dunkelgrauen Rock, der von einem breiten Nietengürtel gehalten wird, ein weißes Top und schwarze Strumpfhosen. Dazu ein paar wunderschöne Chucks. In der Hand hält sie einen Rucksack, der mit unzähligen Aufnähern verziert ist.

Auf Zehenspitzen gehe ich zurück in den Raum, kauere mich in eine Ecke und warte.

Schwül und drückend ist es im Zimmer. Zum Ersticken. Wie in einem Sandsturm, kann ich nicht mehr atmen. Luft, ich brauche Luft!
Wie spät mag es wohl sein? Acht Uhr? Neun Uhr?
Der Himmel vor dem Fenster wird langsam dunkel. In Paris bricht die Nacht nicht plötzlich ein wie in der Wüste, sie schleicht sich an.
Ja, ich weiß, es ist verboten, aber ich halte es nicht mehr aus, gehe erneut zum Fenster, meine Hand greift nach dem Griff...
Nein!
»Karim sucht überall nach dir«, höre ich Pauline. »Jeden Tag wartet er vor der Schule auf dich. Wenn ich daran glauben würde, an eure Dschinns, den bösen Blick und all den Quatsch, würde ich sagen, der ist vom Teufel besessen.«
Aber ich habe ihn gesehen, den Teufel in Karims Augen und die bösen Geister in seinem Blick, die seinen Kopf vernebeln. Immer wieder habe ich ihm gesagt, dass ich ihn nicht heiraten werde, dass ich es gar nicht kann, denn in Frankreich ist es verboten, mit fünfzehn zu heiraten. Aber er hat nur gelacht und gesagt, in der Wüste entscheidet Allah allein.
Luft!
Ich brauche Luft!
Ich will gerade das Fenster öffnen, als ich das Mädchen mit den Chucks entdecke. Sie sitzt mir genau gegenüber am Fenster im Haus auf der anderen Straßenseite und für einen Moment treffen sich unsere Blicke.
Dann hebt sie die Hand.
Sie hat mich gesehen!
Schnell wende ich mich ab. Nicht nur, weil ich Angst habe, sie könne mich verraten. Man weiß auch nie, wer den bösen Blick besitzt und einem Schlechtes wünscht. Meine Hand greift zum Amulett. Ich schließe die Augen, küsse dreimal den blauen Stein

und murmele wieder einen Vers aus dem Koran. Irgendeinen. Nur um mich zu beruhigen.

Plötzlich spüre ich einen Luftzug im Raum. Eine Bewegung hinter mir. Schritte.

»Pauline, bist du das?«, rufe ich erschrocken und drehe mich um.

Das Licht geht an. Meine Augen schmerzen in der Helligkeit.

Karims Augen glühen wie die eines Schakals, der um das Feuer schleicht.

Ich werde Julien nie wiedersehen.

Eins

Es war Sonntagabend und ein schwüler Tag in Paris. Eine aufgeheizte Stadt unter Wolken, die sich zusammenzogen. Gina war sicher. Das war ein böses Omen, ein schlechtes Vorzeichen. Denn Paris und Gina – Gina und Paris waren einmal Seelenverwandte gewesen. Jetzt aber war die Stadt für sie eine Fremde. Ihre Schönheit Betrug. Die Häuser nur Theaterkulisse.

»Gleich fahren wir durch den Tunnel de l'Alma«, hörte sie ihre Mutter sagen, »du weißt schon, in dem Prinzessin Diana vor zehn Jahren verunglückt ist.«

Aha. Sehr interessant.

Dennoch klappte Gina das Handy auf und begann zu filmen.

»Ja«, flüsterte sie, »jetzt geht es hinein in den Tunnel des Todes, in dem Lady Di am 31. August 1997 um Mitternacht von den Paparazzi zu Tode gehetzt wurde. Mit Dodi, ihrem Geliebten.«

»Was flüsterst du da?«

Gina beantwortete die Frage ihrer Mutter nicht, sondern wischte mit der Hand die schmutzige Scheibe sauber und presste das Handy ans Fenster. Wenn sie schon den Sommer in Paris verbringen musste, war wenigstens das Nokia ein Trost. Platz eins auf der Topliste der Handys. Ihr Vater hatte es ihr geschenkt, als er auszog, was wiederum bei ihrer Mutter ein spöttisches Lächeln hervorgerufen hatte.

»Aha, beginnt er schon, sich mit Geschenken bei dir einzuschmeicheln? Das kann er gut, dein Vater.«

»Er weiß eben, was ich wirklich brauche«, hatte Gina geantwortet und gedacht: Im Gegensatz zu dir!

»Du meinst wohl im Gegensatz zu mir?«, hatte ihre Mutter ihre Gedanken gelesen. »Aber meiner Meinung nach brauchst du einen Vater, der in den Ferien etwas mit dir unternimmt, anstatt die Zeit mit seiner neuen Flamme zu verbringen. Und so ein teures Handy noch dazu.«

»Du bist nur eifersüchtig!«

»Ich? Eifersüchtig? Auf keinen Fall!«

Bis vor einem halben Jahr war Gina der festen Überzeugung gewesen, dass ihre Eltern sich liebten. Von wegen! Sie hassten sich. Sie waren wie Hund und Katze, wie Feuer und Wasser, wie . . . wie . . . wie Eis und . . . Wüste! Eltern, die sich scheiden ließen, brachten das Leben ihrer Kinder ganz schön durcheinander. Das war, als wenn die Erdkugel sich plötzlich in die falsche Richtung drehte und man das Gleichgewicht verlor. Das Gefühl zu schwanken verließ einen nicht mehr.

Das Handy piepste dreimal laut. Endlich eine Nachricht von Tom.

Nein. Zum x-ten Mal Marie.

ZDI

ER LIDINI

Zu deiner Information.

Er liebt dich nicht.

Darauf gab es nur eine Antwort:

LAMIFRI

Lass mich in Frieden.

Sie hatte gedacht, dass Marie ihre beste Freundin sei. Aber als Gina sich in Tom verliebte, da hatte Marie immer wieder gesagt, dass dieser es nicht ernst meinte, dass er nur mit ihr spielte. Dass sie ihm nicht nachlaufen sollte.

Mann, Marie war nur eifersüchtig. Mit Sicherheit wollte sie Tom

für sich. Wer wollte das nicht? Tom war der coolste Junge der ganzen Schule. Jeder kannte seinen Namen.
Gina betrachtete das Armband an ihrem Handgelenk, das Marie ihr zum Geburtstag geschenkt hatte. In der Mitte prangte ein rotes Herz aus Glas. Als Zeichen ihrer Freundschaft.
Familie, Freundschaft, Liebe. Die größten Flops des letzten halben Jahres. Und ein Talisman war sowieso Betrug! Rote Herzen? Kitsch hoch zehn!
»Der Eiffelturm«, hörte sie ihre Mutter.
»Aha, steht er also noch!«, spottete Gina. »Welch ein Wunder!«
Als ihre Mutter sie ignorierte, hob Gina erneut das Handy und flüsterte übertrieben laut: »*Aus der Ferne ist der Eiffelturm zu erkennen! – Ein graues Monster unter grauem Himmel! Der Todesengel der Stadt.*«
Ihre Mutter seufzte und Gina richtete nun das Handy auf deren Lippen und filmte, wie diese in ständiger Bewegung waren. Wie der grellrot geschminkte Mund sich zu all diesen spitzen französischen Ö, Ü und Ä formte, während sie mit irgendeinem Philippe telefonierte.
»*Französisch*«, fuhr Gina fort, »*die Sprache der blutigen Revolution. Unzählige Häupter fielen in Paris unter dem scharfen Messer der Guillotine. Ludwig XVI. musste hier sterben. Marie Antoinette fand hier ihren Tod.*«
»Ach, ist Paris nicht wunderbar?«, seufzte ihre Mutter. »Warum nur war ich so lange nicht mehr hier? Es war ein Fehler.«
Paris, mon amour, non, Paris, ma mort. Paris, die Stadt der Liebe? Von wegen, Paris, die Stadt des Todes.
Mist! Das rote Licht blinkte. Der Akku war bald leer!
»Weil du Grand-père hasst!«, erklärte Gina laut.
»Ich hasse ihn nicht«, widersprach ihre Mutter.
»Tust du doch!«

»Du übertreibst maßlos! Wir sind einfach nur *en désaccord*, nicht einer Meinung, verstehst du?«

»Und warum kann ich dann Grand-père nicht besuchen, solange ich in Paris bin? Warum wohnen wir nicht bei ihm? Warum weiß er dann nicht einmal, dass wir hier sind? Warum haben wir ihn seit dem Tod von Grand-mère nicht mehr gesehen? Das ist jetzt acht Jahre her! Vielleicht ist er schon tot und wir wissen es nicht.«

»Ist er nicht.«

»Woher willst du das wissen?«

»Weil ich es weiß.«

»Weil ich es weiß«, äffte Gina ihre Mutter nach.

»Du sollst mich nicht nachäffen«, erwiderte diese. »Das machen nur Papageien.«

»Sechs Wochen Paris«, seufzte Gina, »das ist die Ewigkeit!«

»Was weißt du schon von der Ewigkeit!«

Natürlich. Ihre Mutter war der Meinung, dass nur sie selbst etwas von den wichtigen Dingen im Leben verstand. Aber auch Gina machte sich Gedanken über die Welt, und wenn sie später eine berühmte Regisseurin war, würde ihre Mutter das endlich verstehen.

»Wenn du dir einmal einen Vortrag von Herrn Sauer anhören müsstest im Religionsunterricht«, erklärte Gina, »würdest auch du begreifen, was Ewigkeit bedeutet. Gäbe es nicht die Schulglocke, würde er bis zum Jüngsten Tag darüber quatschen, dass jeder Mensch einzigartig ist. ›Vertraut Gott‹«, ahmte Gina die heisere Stimme des Religionslehrers nach. »›Er weiß, was er mit euch vorhat.‹«

Doch ihre Mutter hörte nicht zu. Stattdessen beugte sie sich nach vorne zum Taxifahrer und sprach auf ihn ein. Der Verkehr ging nur langsam voran. Es hatte angefangen zu regnen. Auf dem großen Platz, den sie jetzt überquerten, stauten sich die Autos.

Gina lehnte ihren Kopf an die dreckige Fensterscheibe des Taxis. Nie hörte sie zu! NIE!

Dabei war es doch offensichtlich, dass Gott in ihrer Familie, den Krons, versagt hatte.

Denn würde alles einem göttlichen Plan folgen, hätte Gott nicht einfach weggeschaut, als ihre Mutter am letzten Neujahrsmorgen aufwachte und beschloss, ihr Leben zu ändern. Gott – oder einer seiner Mitarbeiter – hätte die Scheidung ihrer Eltern verhindern müssen.

Also, wo, bitte schön, war Gott das letzte verrückte halbe Jahr gewesen? Und davor, als sich ihre Mutter mit Grand-père zerstritten hatte?

Und wo bei der Sache mit Tom?

Ach ja, und bei ihrem Streit mit Marie hatte er sich auch nicht blicken lassen.

Und wie, verdammt noch mal, war er nur auf die blöde Idee gekommen, ihrer Mutter ausgerechnet in Paris einen Job zu verschaffen?

Gina seufzte laut.

Das Leben war wie ein Computerspiel. Kaum hatte man den ersten Level geschafft, kam der nächste. Marie sagte das immer, aber was Marie sagte, hatte keine Bedeutung mehr. Gina fasste nach dem silbernen Armband an ihrem Handgelenk, das Maries Namen trug. Marie trug das gleiche mit Ginas Namen. Aber das war endgültig vorbei. Sie nahm es vom Handgelenk, kurbelte das Fenster hinunter und sah ihm nach, wie es durch die Luft wirbelte. Freundschaftsbänder waren etwas für Babys. Und Glück gebracht hatte es auch nicht.

»Wir sind gleich da«, sagte ihre Mutter jetzt und beugte sich erneut nach vorne, um dem Taxifahrer Anweisungen zu geben. »Da vorne ist sie, die Rue Daguerre. *Mon Dieu*, bin ich aufgeregt!«

★

In der Rue Daguerre reihte sich ein Geschäft an das andere und ständig liefen Leute vor das Auto. Es sah aus wie auf einem orientalischen Basar, nicht wie in einer Einkaufsstraße der französischen Hauptstadt. Vor einem Blumenladen waren dicht an dicht Kübel mit Rosen aufgestellt, deren Rot im Regen zu einem dunklen Orange verschwamm. In der Bäckerei an der Ecke standen die Leute Schlange, um schnell noch Brot für das Abendessen zu kaufen. Beim Anblick der langen Baguettestangen lief Gina das Wasser im Mund zusammen und die Erinnerung an die Küche ihrer Großmutter trieb ihr die Tränen in die Augen. Alles war wie immer die Schuld ihrer Mutter.

»Hier«, rief diese nun aufgeregt und ihre Stimme glich dem Quietschen der Bremsen, als das Taxi abrupt zum Stehen kam.

»Schau mal, Gina, es gibt ihn tatsächlich noch, den Gemüseladen von Monsieur Saïd«, seufzte ihre Mutter glücklich und deutete auf die andere Straßenseite, wo in diesem Moment ein dicker Mann mit buschigem Schnurrbart und langer weißer Schürze aus der Ladentür trat, um zu beobachten, wie sich der Fahrer eines dreirädrigen Transporters mit dem Taxifahrer stritt.

»Da ist er ja! Hallo, Monsieur Saïd!« Ihre Mutter begann, aufgeregt zu winken. Dann beugte sie sich nach vorne, um hektisch die Riemchen ihrer Sandaletten festzuziehen, und öffnete die Autotür. In dem schwarz-weiß gepunkteten Kleid sah sie aus wie ein Dalmatiner.

Wann hatte es angefangen, dass ihre Mutter sich plötzlich neu einkleidete? Nach den letzten Sommerferien irgendwann. Erst nur eine neue Frisur, dann neue Kleider und schließlich, Silvester, ein neues Leben. Jetzt fehlte nur noch eine Schönheits-OP. Nase entfernen, Ohren ankleben, Lippen aufplustern und so weiter. Irgendwann würde sie, Gina, einen Film über den Wahnsinn der Erwachsenen drehen.

Lustlos stieg sie aus und stellte sich im Regen neben ihre Mutter. Diese schob ihre rosa Sonnenbrille nach oben, die sie bei Wind und Wetter trug, um, wie sie sagte, die Welt jederzeit rosarot sehen zu können. »Hier werden wir also die nächsten Wochen wohnen«, seufzte sie glücklich. »Es sieht noch genauso aus wie vor zwanzig Jahren!«

»Willkommen in der Steinzeit.« Gina schaltete erneut die Videofunktion des Handys ein und murmelte:

»Sonntag, der 12. Juli.
Sieben Uhr am Abend.
Es regnet. Ja, er weint, der Himmel über Paris.«

»Da im vierten Stock, siehst du, liegt Nikolajs Wohnung. Du wirst dich hier wohlfühlen.« Ihre Mutter deutete nach oben.

»Werde ich nicht!«

»Wirst du doch! Paris ist die Stadt der Liebe. Was ist eigentlich mit diesem Tom? Stehst du immer noch auf ihn?«

»Lass mich in Ruhe!«

»Laisse-moi tranquille, ma petite! Hier wirst du dich nicht weigern können, Französisch zu sprechen. Das ist schließlich deine Muttersprache. Deine Lehrerin, Frau Hahn, wird begeistert sein, wenn du nach den Ferien zurückkommst.«

»Madame Poulet«, korrigierte Gina. »Wir nennen sie nur Madame Poulet.«

Aber ihre Mutter hörte natürlich nicht zu, sondern plapperte weiter. »Weißt du, ich habe hier bei Nikolaj gewohnt, als ich an der Oper gearbeitet habe.«

»Ja, Mama!«

»Nikolaj . . .«

»Ist dein bester Freund, ein begnadeter Künstler, Russe und au-

ßerdem schwul. Ich weiß, Maman, und das hat Grand-père nicht gefallen, denn Grand-père ist stockkonservativ.«
»Er hat die Rolle des Romeo getanzt und war Tagesgespräch in ganz Paris.«
Oper, Ballett, Theater: Das war ihre Welt. Uralte Geschichten, Märchen für Erwachsene, unverständlicher Gesang in Tonlagen, als schrien die Stimmbänder um Hilfe – o.k., wer es mag, aber sie, Gina, stand auf andere Musik. Punk-Rock. Was sonst!
Ihre Mutter schloss die hohe, schwere Haustür auf und war im nächsten Augenblick im Eingang verschwunden. »Oh, es riecht noch wie damals!«, hörte Gina sie rufen. »Frisches Baguette, Käse und Rotwein. Das ist Paris!«
Gina stolperte und sah es zu spät!
Verdammt!
Hundekacke!
Das war Paris!

☾

Zwei

Mitten hinein war Gina getreten.
In die Hundekacke.
Ihre Chucks, nagelneu, waren jetzt an der weißen Sohle im wahrsten Sinne des Wortes kackbraun.
»Oh nein! Verdammt! Schau dir das mal an!«
Doch statt Verständnis zu zeigen, brach ihre Mutter in Lachen aus. »Es hat sich wirklich nichts geändert. Das war vor zwanzig Jahren schon genauso. Komm, wir stellen deine Schuhe oben gleich unter die Dusche.«
»Chucks«, zischte Gina. »Das sind Chucks.«

»Na ja, dann eben . . .«
»*Excusez-moi. Vous avez un problème . . .?*«
Jemand unterbrach ihr Gespräch.
Gina drehte sich um.
Vor ihr stand ein Junge, schlank, sportlich und offenbar im selben Alter wie sie selbst. Weiße Zähne blitzten auf, als er lächelte, und, Mann, er besaß die dunkelsten Augen, in die Gina je geblickt hat. Genauso gut könnte sie in flüssiger Schokolade versinken. Dunkle Haare wurden von einem roten Tuch aus der Stirn gehalten.
Hey, Johnny Depp als Teenie.
Johnny wedelte mit den Händen und langsam begriff Gina, dass er ihr etwas sagen wollte. Aber warum deutete er auf ihre Chucks? Wollte er sich etwa über ihr Missgeschick mit der Hundekacke lustig machen?
»*Laisse-moi tranquille!*«, sagte sie. »Lass mich in Ruhe.«
Doch er sprach einfach weiter, noch immer dieses Grinsen im Gesicht. Nein, das war nicht Johnny Depp. Johnny würde sich nie über Gina lustig machen. Außerdem klang sein Französisch, als ob er erkältet wäre oder eine Drahtbürste im Hals hatte. Gina wandte sich ab, um ins Haus zu gehen, doch sie hatte nicht mit ihrer Mutter gerechnet.
»Ein Schuhputzjunge! Ich hätte nie gedacht, dass es so etwas überhaupt noch gibt. Ach, das ist *mon Paris.*«
Jetzt sprach der Junge auf sie ein.
»Er meint, er kann deine Chucks wieder so sauber bekommen, dass sie aussehen wie die Originalschuhe von Taylor.« Ginas Mutter schaute verständnislos. »Weißt du, wer das ist?«
»Weiß doch jeder. Chuck Taylor. Amerikanischer Basketballspieler. Er hat die Schuhe erfunden.«
»*Oui, oui* . . . Chucks.« Der Junge schnippte in der Luft mit den Fingern und bedeutete ihnen mit einer Geste, ihm zu folgen.

»Lass uns hochgehen«, drängelte Gina.
»Nein, lass ihn doch deine Schuhe sauber machen. Sicher unterstützt er so seine Familie.«
»Sicher ist er ein Betrüger.«
»Komm, setz dich!« Sie zog Gina nach vorne. »Sei kein Spielverderber!«

Mitten auf dem Bürgersteig neben ihrem Hauseingang hatte der Junge seinen Stand, einen ausgedienten alten Rollstuhl, an dessen Rückenlehne ein Holzkasten mit staubigen Bürsten, schmutzigen Lappen und Schuhputzmitteln hing. Daneben stand ein alter CD-Player, aus dem Reggaemusik schepperte.

Gina wurde auf den Rollstuhl geschoben, und bevor sie sich wehren konnte, kniete der Junge vor ihr, band die Schnürsenkel auf und – Oh, lieber Gott, steht das auch in deinem Plan? – zog die Chucks von ihren Füßen. Darunter kamen die Löcher in der schwarzen Strumpfhose zum Vorschein.

»*Un petit moment*«, rief er, wobei er die Schuhe hochhob, und im nächsten Moment war er mit ihren Chucks im Gemüseladen gegenüber verschwunden.

Sie hatte es ja gewusst, ein Betrüger!

»Was macht er denn jetzt?«, kicherte ihre Mutter und summte die Reggaemusik mit. »Ist er nicht süß? Wäre ich so alt wie du . . . Der sieht ja aus wie Antonio Banderas.«

»Mama, Antonio Banderas ist etwas für Senioren und Reggae für Drogenabhängige. Außerdem ist dir vielleicht aufgefallen, dass er mit meinen Chucks auf und davon ist, was dich natürlich freut, weil Papa sie bezahlt hat«, zischte Gina.

»Der lässt doch nicht seine Sachen einfach so hier stehen.«

»Vielleicht gehören sie ihm gar nicht!«

»Bilde dir doch nicht immer ein, alle Menschen wollten dir nur Böses. Du hast ja schon einen Verfolgungswahn wie dein Vater!«

»Lass Papa aus dem Spiel!«
»Wirklich«, ignorierte ihre Mutter sie, »du siehst in letzter Zeit nur das Böse in der Welt. Aber die Menschen begegnen einem immer so, wie man sich selbst benimmt. Sie halten dir nur den Spiegel vor, mein Schatz. Denk mal darüber nach.«
»Bla, bla, bla. Du klingst echt wie der Sauer!«
Statt einer Antwort sagte ihre Mutter mit Blick auf die Armbanduhr: »Ich geh schnell rüber zu Monsieur Saïd. Ob er sich wohl noch an mich erinnert?«
Und schon war auch sie verschwunden. Gina aber saß mitten in Paris in einem Rollstuhl und kam sich vor wie die Klara aus dem Film Heidi. Ihr fehlte nur die weiße Schleife im Haar und Klara hatte mit Sicherheit keine Löcher in den Strumpfhosen.
Wenige Minuten später tauchte der Junge wieder vor ihr auf, immer noch dieses Grinsen im Gesicht, als sei es festgewachsen. Die Sohlen der Chucks glitzerten feucht. Jetzt begann er, sie sorgfältig und schnell mit einer Bürste zu bearbeiten.
»O. k.!«, strahlte er und sagte dann auf Deutsch: »Fertig, Mademoiselle.« Er kniete sich vor Gina, um ihr die Schuhe überzuziehen.
»Kann ich selbst«, murmelte sie.
»Sei doch nicht immer so zickig«, sagte ihre Mutter und überquerte mit einer riesigen grünen Wassermelone unter dem Arm und einer Einkaufstüte, Monsieur Saïd im Schlepptau, die Straße.
»Ich bin nicht zickig«, erklärte Gina. »Zickig sind nur Tussis, die in ihrer Rosaphase stecken geblieben sind.«
»Darf ich vorstellen«, erklärte ihre Mutter an Monsieur Saïd gewandt, »das ist meine Tochter Gina.«
»*Oh! la la! Quelle jolie Demoiselle.*« Monsieur Saïd verbeugte sich kurz, lächelte ihr zu und strich sich anschließend über den dicken Schnurrbart, der aussah wie ein Rasierpinsel. »Komm mich besuchen, wenn du dich langweilst.«

Gina musste zugeben, der Lebensmittelhändler war wirklich putzig im Gegensatz zu diesem Schuhputzer, der nun ihre Chucks mit einem Zeug einsprühte, das stank wie Insektenvernichtungsmittel.

»*Non*«, protestierte sie, doch niemand achtete auf sie. Stattdessen verwickelte ihre Mutter den Jungen auch noch in ein Gespräch.

»Wie ist dein Name?«
»Noah.«
»Oh, Noah! Wie viele Tiere hast du denn schon gerettet?«
Oh Gott, ihre Mutter kicherte! Gina stöhnte laut.
»Keine. Ich bin für Schuhe zuständig.«
»Woher kommst du?«
»Marokko.«
»Ich glaube, Gina, meine Tochter, ist ungefähr so alt wie du. Vielleicht könnt ihr Freunde werden.«
Gina warf ihrer Mutter einen wütenden Blick zu. Was denn? Waren sie im Kindergarten? Machte ihre Mutter auf Völkerverständigung? Sollte sie außer Latein auch noch Arabisch lernen?
»*Salut*, Gina.« Noah lächelte.
Smile, Smile, Smile. Er wollte sich sowieso nur bei ihrer Mutter einschmeicheln, machte auf Sunnyboy, damit er mehr Trinkgeld kassierte.
»*Salut*.«
Und, hatte sie es nicht gewusst, schon zückte ihre Mutter den Geldbeutel und machte das, genau das, wovor Ginas Vater, der bei einer großen Bank arbeitete, stets warnte. Nie, niemals einem Fremden den eigenen Geldbeutel zeigen! Und schon gar keinem Ausländer. Unter keinen Umständen! Sonst ist er weg!
Paris, die Stadt der Taschendiebe. Sie stehlen alles. Von den Schuhen bis zum Geldbeutel.
Sie beeilte sich, die Schuhe zu binden und aus dem Rollstuhl zu

kommen, während ihre Mutter aus dem Chaos ihres Portemonnaies einen Fünfeuroschein hervorzog und ihn dem Jungen reichte.
»*Non, non, non*«, der Junge hob die Hände. »*Un!*« Er streckte den Daumen in die Höhe.«
»Was, nur einen Euro? Nein, nimm!« Sie drückte ihm das Geld in die Hand und dann ging es zwischen den beiden hin und her:
»*Oui!*«
»*Non!*«
»*Oui!*«
»*Non!*«
»*Maman!*«, rief Gina auf Französisch, wie immer, wenn ihre Mutter ihr total auf die Nerven ging.
Nein, ihre Mutter hörte sie nicht. Stattdessen steckte sie den Schein zurück ins Portemonnaie und holte eine Zweieuromünze hervor. »Und morgen neue Schuhe«, sagte sie laut und deutete auf ihre Sandaletten.
»Der ist nicht schwerhörig«, meinte Gina, »er hat nur einen Akzent, wenn er spricht.«
»DER hat einen Namen und heißt Noah.«
»Und wennschon. Soll er doch zurück auf seine Arche. Ich will jetzt hochgehen und unter die Dusche!«
Als sie endlich an der Haustür waren, hörten sie den Jungen auf Deutsch rufen: »Woher kommen Sie?«
»Frankfurt«, antwortete ihre Mutter.
»Komm schon!« Gina zog ihre Mutter am Arm.
Die drehte sich noch einmal um und winkte dem Jungen fröhlich zu. »Siehst du«, ihr triumphierendes Lachen nervte gewaltig, »er kann außer Französisch und Arabisch sogar Deutsch. Aber sein Französisch ist eindeutig besser als deines, obwohl es mit Sicherheit nicht seine Muttersprache ist.« Und mit einem

kurzen Seitenblick auf Gina fügte sie hinzu: »Im Gegensatz zu dir!«

☾

Drei

Und du kommst wirklich alleine klar?«
Gina antwortete nicht, sondern verfolgte ihre Mutter mit dem Handy.
»Lass das!«, sagte diese und hielt die Hand vor die Linse. »Ich will nicht gefilmt werden.«
Sie stand vor dem Spiegel und zog das elegante schwarze Kleid über die Hüften. Dann schob sie die Füße in die neuen teuren High Heels. Die dunklen Haare hatte sie mit dem Lockenstab bearbeitet und das Ergebnis dramatisch auf dem Kopf arrangiert. Unwillkürlich griff sich Gina an den Kopf. O.k., ihre Haare fühlten sich nun einmal an wie trockenes Stroh.
»Warum darf ich mir eigentlich nicht die Haare schwarz färben?«
»Weil es den Haaren schadet.«
Vielleicht sollte sie nicht lange fragen, sondern einfach zum Friseur gehen!
»Weißt du eigentlich, dass du aussiehst wie ein Pudel?«, spottete Gina.
»Gut, ich liebe Pudel«, antwortete ihre Mutter und gleich darauf fühlte Gina ihre knallroten Lippen auf der Wange. Oh Gott, ihre Mutter machte sie wahnsinnig. Sie war einfach immun gegen Beleidigungen. Nichts konnte sie kränken. Das war ätzend hoch zehn!
Doch! Eines hatte sie in Panik versetzt, nämlich als Gina bei der Scheidung beschloss, zu ihrem Vater zu ziehen. Mann, da war

Valerie, ihre Mutter, total ausgerastet. Tagelang hatte sie geschwiegen. Tagelang! Sie hatte in der Küche gesessen und den Mund nicht mehr aufgemacht. Sie war nicht mehr ans Telefon gegangen, hatte nicht mehr geduscht, nicht mehr gekocht. Stattdessen nur geschwiegen, Rotwein getrunken und eine Gauloise nach der anderen geraucht.

»*Eltern*«, flüsterte Gina, während sie mit ihrem Handy den Bewegungen ihrer Mutter folgte, »*sind heutzutage stärker suchtgefährdet als früher. Alkohol und Zigaretten stehen als Todesursache an erster Stelle. Betroffene Kinder sollten sich dringend an eine der staatlichen Beratungsstellen wenden, oder . . .*«

»Gina«, warnte ihre Mutter, »mach das aus und rede nicht solchen Blödsinn! Sonst nehme ich dir das Handy weg! Ist sowieso Wahnsinn, dass dein Vater so ein teures Teil gekauft hat. Was, wenn du es verlierst?«

»Ich muss doch für meine Kinder dokumentieren, dass ich eine Rabenmutter habe, die mich allein in einer fremden Stadt aussetzt, um sich mit Drogen zu vergnügen.«

»Hast du etwa Angst, alleine zu bleiben?«

Blöde Frage. Natürlich hatte Gina Angst. Diese Wohnung besaß unzählige Zimmer, dunkle Ecken, riesige Schränke. Hier konnte sich überall jemand verstecken.

»Nein!«

»Na also!«

»Nur dieses ganze alte Zeug . . .«

»Bei diesem alten Zeug handelt es sich um wertvolle Antiquitäten. Teilweise über zweihundert Jahre alt. Nikolaj ist nicht nur ein begnadeter Tänzer . . .«

»Und stockschwul . . .«

»Sondern auch leidenschaftlicher Sammler von Möbeln aus der Zeit Ludwig XVI.«

»Der wurde geköpft und zwar mit Recht. Dein Nikolaj sollte besser aufpassen, dass es ihm nicht eines Tages genauso geht, wenn er so einen scheußlichen Geschmack hat.«

»Gina!«

»Gina«, äffte sie ihre Mutter nach. Das Einzige, was diese stets zur Weißglut brachte. Doch heute funktionierte es nicht. Stattdessen legte ihre Mutter einen schwarzen Spitzenschal um die Schultern. »Mir tut es ja auch leid, *ma petite,* dass ich dich am ersten Abend allein lassen muss, aber Philippe hat mich zum Abendessen eingeladen.«

Philippe! Schon wieder dieser Philippe! In Ginas Kopf läuteten Alarmglocken.

»Ich weiß, das ist alles nicht einfach für dich. Die Scheidung und die Ferien in Paris . . .« Ihre Mutter redete jetzt ohne Punkt und Komma, wie immer, wenn sie von einem schlechten Gewissen geplagt wurde. »Aber es ist eine Riesenchance für mich, verstehst du? So eine Chance kommt nie . . .!«

»Wer ist Philippe?«, unterbrach Gina die Entschuldigungen ihrer Mutter.

»Ich bin so schnell es geht wieder zurück«, wich ihre Mutter einer Antwort aus.

Das Objektiv wurde schwarz. Der Akku des Handys hatte endgültig den Geist aufgegeben. Das Letzte, was Gina aufgenommen hatte, war die dunkle Wohnungstür, die laut ins Schloss fiel.

Die Stille hing über der Wohnung wie Wäsche, die langsam vor sich hin trocknet. Die einzigen Geräusche waren das Ticken der Standuhr im Flur und der Verkehr, der von der Straße nach oben drang. Ein ständiges Hupen, Reifenquietschen und Aufheulen von Motoren.

Alles war so fremd.

Der Geruch, die Tapeten, der Fußboden, die Bilder, die Möbel, die künstlichen Blumen, die Tischdecke, das Klavier, der Kühlschrank, ihr Bett und sogar das Klo!

Gina prüfte mindestens dreimal, ob die Eingangstür auch wirklich abgeschlossen, die Kette wirklich vorgelegt war. Sie wiederholte die Vorsichtsmaßnahme an der Hintertür und stellte fest, dass sie klemmte.

Dann ging sie in das Wohnzimmer – nein, in den Salon! –, setzte sich auf das ungemütliche Sofa von Ludwig XVI., schaltete den Fernseher an und gleich darauf wieder aus. Französisch, französisch, französisch. Seit dem Tod ihrer Großmutter hatte sie sich geweigert, mit ihrer Mutter Französisch zu sprechen. Als ihre Mutter jeglichen Kontakt zu ihrem Großvater abgebrochen hatte.

Ratlos stand sie im Raum und wusste nicht, was sie als Nächstes tun sollte. Mein Gott war sie müde, aber um nichts in der Welt würde sie jetzt ins Bett gehen. Nicht solange sie allein in der Wohnung war.

Von der Straße drang erneutes Hupen nach oben und jemand rief etwas auf Französisch. Es klang wie das nächtliche Jaulen verliebter Katzen.

Sechs Wochen würde sie Tom nicht sehen können. Sechs Wochen! Das bedeutete das Tor zur Ewigkeit, wenn man verliebt war. Und Gina war verliebt. Sie war total verknallt. In den absolut coolsten Jungen der Schule. Egal, was Marie sagte.

Gina holte das Aufladegerät aus ihrer Tasche, steckte es in das Handy und kehrte in den Salon zurück. Dort schob sie den Stecker in die Steckdose und nahm anschließend auf dem breiten Fensterbrett Platz, zog die Beine an und drückte ihr Gesicht an die Scheibe.

Stadt der Liebe?
City of love?
Ville d'amour?
War ihre Mutter etwa auf der Suche nach einem neuen Mann?
Wer war dieser Philippe?
War die Liebe so einfach? Man ließ sich scheiden und fand jemand anderen? Wie ihr Vater diese Vicky, die behängt wie ein künstlicher Weihnachtsbaum war und dünn wie die magersüchtige Victoria Beckham.
Dass ihre Mutter Tom erwähnt hatte, war auch nur wieder ein Zeichen dafür, dass Diskretion für sie ein Fremdwort war.
Gina beobachtete, wie die Wolken über den Himmel zogen und die Dämmerung sich endgültig über die Straße legte. Ungeduldig griff sie zum Handy und prüfte, ob sie eine SMS bekommen hatte.
Nichts.
Warum meldete Tom sich nicht?
Da war dieser eine Moment gewesen. *Magic* hatte sie Marie erklärt. In der vorletzten Schulwoche beim Besuch in der Sternwarte. Sie kam nach ihm ans Fernrohr. Er hatte durchgeschaut, sich ihr zugewandt und dann gelächelt: »Der dritte von links. Den habe ich nach dir benannt.«
Gina seufzte vor Sehnsucht.
Mann, Gina hatte gedacht, ihr Herz bleibt stehen. Und im Bus hatte er nach ihrer Telefonnummer gefragt.
Unten auf der Straße führte eine unglaublich dicke Frau einen unglaublich dicken Hund spazieren. Missmutig trotteten beide den Bürgersteig entlang. Hier und da brannte in den gegenüberliegenden Häusern Licht. Sie konnte ungeniert einen Blick in jede Wohnung werfen.
Im zweiten Stock stand ein Mann in Boxershorts im Badezimmer vor dem Spiegel und prüfte offenbar die Anzahl seiner Pi-

ckel. Dann sprühte er sich reichlich Deo unter die Achseln. Lackaffe! Gina richtete das Handy auf ihn und ging eine Sekunde später ein Stockwerk höher, wo eine Frau in einem blau-weiß karierten Bademantel Unmengen von Geschirr spülte.

Noch höher, genau in der Wohnung gegenüber, im vierten Stock, war alles dunkel. Aber Gina glaubte, einen Schatten zu sehen.

In der Wohnung darüber lief *Ice Age II* im Fernsehen, vor dem zwei Mädchen in Schlafanzügen sich vor Lachen kugelten.

»*Den Menschen in Paris fehlt es am Nötigsten. Die meisten haben nur mehr ihre Unterwäsche am Leib. Die UNO berät derzeit über Hilfslieferungen von Kleidung*«, murmelte Gina.

Sie wollte das Handy gerade wieder ausschalten, als etwas ihre Aufmerksamkeit fesselte.

Stopp!

Im vierten Stock tat sich was.

Ein Mädchen erschien am Fenster und schaute hinunter auf die Straße. Für einen Moment starrte Gina sie an. In alter Gewohnheit versuchte sie, Worte für ihren Film zu finden.

»*Es ist Sonntagabend, der 12. Juli. Halb zehn.*

Leichter Nieselregen.

Am gegenüberliegenden Fenster steht ein schmales Mädchen und starrt traurig auf die regennasse Straße. Ihre schwarzen Haare glänzen wie das Gefieder eines Raben. Wie ein Vorhang fallen sie über ihre Schultern. Sie trägt ein hellblaues Kleid mit weißer Stickerei.

Woran denkt sie?

Wartet sie auf ihren Geliebten?«

Quatsch keine Opern!

Geliebter, wie das klang!

Gina hob die Hand, um dem Mädchen zuzuwinken, doch sofort

wandte es den Kopf zur Seite, als hätte Gina es erschreckt. Dann verschwand es im Dunkel der Wohnung.

Zicke!, dachte Gina und ließ den Blick weiter neugierig über die Straße schweifen. Er blieb am Schuhputzjungen hängen, der nun vor dem Gemüseladen in seinem Rollstuhl saß, las und offensichtlich auf Kundschaft wartete. Wie war sein Name? Ach ja, Noah. Und dann sprang er plötzlich auf und sprach einfach einen Mann an, der es eilig hatte, an ihm vorbeizukommen. Unglaublich, wie lästig der war! Der Mann trug eine weiß gehäkelte Mütze auf dem Kopf. Sein dunkler Bart verdeckte fast das ganze Gesicht, sodass man sein Alter schlecht schätzen konnte. Wahrscheinlich war er nicht älter als fünfundzwanzig. Unter dem schwarzen Jackett sah ein langes weißes Hemd hervor, das bis zu den Knien reichte.

Doch der Junge nahm natürlich keine Rücksicht darauf, dass der Mann seine Ruhe wollte, sondern quatschte einfach auf ihn ein. Pausenlos.

Ha! Der Mann hatte Noah offenbar eine Abfuhr erteilt. Jedenfalls zuckte dieser zusammen und hob die Arme, als ob er sich entschuldigen würde.

Das hatte er davon, dass er einfach jeden anmachte!

Gina verfolgte den Mann mit dem Zoom. Er blieb vor dem Haus gegenüber stehen. Hier verharrte er und richtete den Blick auf das Gebäude.

Mann, der wirkte ja wie versteinert. Wie konnte man nur so lange auf ein und denselben Fleck starren? Da mussten einem doch die Augen wehtun.

War das irgendeine Wette?

Wartete er auf jemanden?

Ein seltsamer Typ.

Ein Jugendlicher, der die Kopfhörer eines MP3-Players übergestülpt hatte und offenbar außer der Musik nichts wahrnahm,

rempelte ihn an. Der Mann reagierte nicht. Er schien nichts um sich herum wahrzunehmen. Er war zur Salzsäure erstarrt.
Gina fröstelte und trat vom Fenster zurück. Das Gefühl der Angst, das sie plötzlich überkam, konnte sie sich nicht erklären. Es war, als ziehe sich ihr Körper auf einen Schlag zusammen.

☾

Vier

Im Licht der Straßenlaternen zogen Wolken wie Karawanen über den dunklen Abendhimmel. Gina fühlte sich erst wieder sicher, nachdem sie in der Wohnung alle Lampen angeschaltet hatte. Dann nahm sie erneut ihren Platz auf dem Fensterbrett ein. Auf der Straße hatte sich nicht viel verändert. Noch immer zerrte die dicke Frau ihren dicken Köter hinter sich her. Diesmal nur in die andere Richtung. Der Schuhputzjunge packte seine Sachen zusammen. Monsieur Saïd, der Gemüsehändler, räumte die letzten Kisten vom Bürgersteig. Der unheimliche Mann aber war verschwunden.
Erleichtert atmete Gina auf.
Was jetzt?
Wollte sie etwa den Abend damit verbringen, aus dem Fenster zu starren?
Seit sie in Paris angekommen war, musste sie immerzu an ihren Großvater denken. Es war so seltsam, hier zu sein und ihn nicht in seiner Wohnung in der Rue Beethoven zu besuchen. Aber bevor sie losgefahren waren, hatte sie nach seiner Telefonnummer im Internet gesucht und sie in ihr Handy gespeichert. Sie konnte ihn anrufen. Jetzt sofort. Aber würde er überhaupt zu Hause sein? Vielleicht war er in der Klinik? Oder im Landhaus? Wie

würde er reagieren, wenn er sie nach so langer Zeit am Telefon hatte?
Wenn er abnahm, konnte sie ja gleich wieder auflegen. Nur einmal seine Stimme hören.
Gina rief die Nummer auf. Während das Handy die Verbindung aufbaute, schaute sie zum Fenster hinaus. Der Himmel hatte jetzt den Vorhang der Nacht vollständig zugezogen. Die Bewohner im Haus gegenüber hatten die Fensterläden geschlossen. Nur in der Wohnung im vierten Stock genau gegenüber schien ein schwaches rötliches Licht. Es sah aus, als ginge genau dort hinter den Fenstern die Sonne unter. Erst langsam begriff Gina, dass das Farbenspiel von einer Lampe kam, die rot schimmerte und zahlreiche Teppiche an den Wänden zum Leuchten brachte.
Und dann sah sie erneut das Mädchen. Es stand mitten im Raum. Verloren sah sie aus und traurig. Wie hieß die Prinzessin, die tausendundeine Nacht dem König Geschichten erzählte, damit sie nicht sterben musste?
Scheherazade?
Ja, genau, das war ihr Name.
Wie kam sie nur auf diesen Gedanken? War es die Art, wie das Mädchen dastand? Sie hatte etwas an sich, das Gina an ein Gemälde erinnerte.
Von wegen Gemälde, es war die perfekte Filmszene.
Sie vernahm das Tuten an ihrem Ohr. Die Verbindung war da. Die erste Verbindung zu ihrem Großvater nach acht Jahren. Mann, war sie aufgeregt. Sie stellte sich vor, wie das Telefon bei ihrem Großvater im Flur läutete.
Das Mädchen gegenüber hatte nun die Hände erhoben. Sprach sie mit jemandem? Nein, Gina konnte niemanden sehen. Nun trat das Mädchen einige Schritte zurück und stieß gegen den Tisch hinter sich.

Ginas Herz begann zu klopfen. Da war so ein Gefühl der Beklemmung in ihr. Hatte sie Angst, dass ihr Großvater nicht zu Hause war oder fürchtete sie vielmehr, er könnte da sein? Das Handy tutete.

Gegenüber trat nun aus dem Dunkel des Zimmers eine Gestalt, ein Mann. Gina stockte der Atem. Es war nicht irgendein Mann, sondern derselbe, mit dem der Schuhputzjunge gesprochen hatte. Der Mann im schwarzen Anzug und der weißen Mütze auf dem Kopf. Genau der, der wie ein einsamer Wächter lange auf das Haus gegenüber gestarrt hatte.

Dort drüben ging etwas Seltsames vor sich. Gina spürte es nun deutlich. Es war dasselbe Gefühl, wie wenn sich ein Gewitter ankündigt. Die Wolken sich zusammenballen. Und dann geht es los. Von einem Moment zum anderen beginnt es zu toben.

Oder war es wieder einmal ihre Fantasie, die mit ihr durchging? Ihr Naturell, immer und überall Böses zu vermuten?

Das Handy ans Ohr gepresst, legte Gina das Gesicht an das Fenster, um besser sehen zu können.

Grand-père war nicht zu Hause.

Und die beiden dort drüben sprachen miteinander.

Also war alles ganz normal, oder nicht?

Plötzlich packte der Mann das Mädchen am Arm. Sie versuchte sich loszureißen. Ihr schmaler Körper wand sich verzweifelt. Entsetzt ließ Gina das Handy sinken.

Dann ließ er sie los. Das Mädchen blieb ruhig stehen. Also doch nur ein normaler Familienstreit. Die Zeit, die noch vor wenigen Sekunden immer schneller geworden war, kam wieder zur Ruhe. Außerdem ging sie das Ganze nichts an. Sie hatte ihre eigenen Probleme. Sie hob das Handy erneut ans Ohr und . . . eine tiefe, vertraute Stimme sagte: *»Allô?«*

Grand-père.

Er war es!

Sie musste etwas sagen!
Ihr Blick richtete sich auf das Fenster gegenüber, als ob sie dort Hilfe fände.
Sie hätte das nicht tun sollen.
Manche Dinge muss man nicht sehen.
»*Allô?*«, hörte sie wieder ihren Großvater, doch sie konnte nicht antworten.
Warum starrte der Mann das Mädchen so wütend an?
Warum hob er die Hand?
Und jetzt . . . das Mädchen wich einige Schritte zurück. Bittend legte sie die Hand auf ihr Herz und schüttelte langsam den Kopf, bis die Bewegung immer schneller, immer verzweifelter wurde.
»Wer spricht?«
»Ich bin's!«, antwortete sie in dem Moment, als in der Hand des Mannes etwas aufblitzte. Vor Schreck ließ sie das Handy fallen.
Es dauerte einen Augenblick, bis Gina begriff, was geschehen war.
Schrie das Mädchen?
Nein, es war sie selbst, die laut schrie.
Unten auf der Straße heulte ein Motor auf, als der Mann ausholte und zustieß. Dann schwankte das Mädchen kurz, bevor es nach hinten kippte. Für einen Moment schien sie in der Luft zu schweben, als ob eine unsichtbare Hand sie aufhalten wollte. Doch dann stürzte sie innerhalb von einer Sekunde zu Boden. Sie fiel einfach mit gestrecktem Körper nach hinten.
»Steh wieder auf«, rief Gina verzweifelt. »Steh auf.«
Sie presste das Gesicht ans Fenster.
Doch das Mädchen rührte sich nicht, während Gina das Gefühl hatte, in einen Schacht zu fallen. Ein Gefühl, das ziemlich lange dauerte. Stunden. Nein, das war keine Zeit, die man messen konnte. Das war eine Unzeit. Ein Stück von der Ewigkeit, ein Stück Unendlichkeit der Angst.

Sah so der Tod aus?
So still und unbeweglich?
So unwirklich, als würde man einen schlechten Film im Fernsehen schauen?
Dann aber riss sie sich zusammen. Sie musste etwas tun. Aber was? Ihr fiel nichts ein.
Außer . . . eines!
Filmen!
Ihre Hand hob das Handy vom Boden auf. Sie hörte ihren Großvater ihren Namen sagen und brach das Gespräch ab. Mit zitternder Hand wählte sie die Videofunktion und richtete das Zoom auf die Wohnung gegenüber. Zunächst war nicht viel zu erkennen, bis der Mann in ihrem Blickfeld erschien.
Er starrte genau in ihre Richtung, schien sie mit seinem Blick zu durchbohren. Sie spürte, wie eine Gänsehaut ihren Körper überzog, und in diesem Moment hob er die Hand, und trotz der Dämmerung dieses Pariser Abends erkannte Gina, was er nach oben hielt. Etwas, das aussah wie ein Messer.
Gina wurde abwechselnd heiß und kalt.
Stopp!
Plötzlich begriff sie. Der Mann konnte sie sehen. Der Kronleuchter strahlte sie an wie auf einer Bühne.
Mach das Licht aus!
Aus! Aus! Aus!
Gina beobachtete sich selbst, wie sie schwankend zu Boden glitt und auf den Knien zur Tür kroch. Der Fußboden war eiskalt, als sei er mitten im Juli mit einer Eisschicht überzogen. Dann hatte sie das andere Ende des Zimmers erreicht. Zitternd tastete ihre Hand die Wand hoch zum Schalter.
Erst als das Licht erlosch, fühlte sie sich für einen kurzen Moment beruhigt. An die Wand gelehnt, dachte sie: Ich will nicht alleine sein in dieser fremden Wohnung, dieser fremden Stadt,

in der Männer mit Messern herumlaufen. In einem Film ist das
o. k., aber nicht hier. Nicht in meinem Leben.
Ihr Herz schlug laut zum Zerspringen. Sie konnte sich nicht
rühren. Stattdessen zitterte sie am ganzen Körper, als hätte sie
Schüttelfrost.
Wer hat Angst vorm schwarzen Mann, schoss es ihr durch den
Kopf, dann flüsterte sie: »Ich! Ich habe Angst! Scheißangst!«

☾

Fünf

Wie lang war die Ewigkeit?
Eine Minute, fünf, eine Stunde?
Gina wusste nicht, wie lange sie bereits an die Wand gelehnt
dasaß und vor sich hin starrte.
Eine Ewigkeit lang.
Eine unendliche Ewigkeit, in der sie nichts hörte als die Standuhr im Flur. Jedes Ticken war ein Körnchen Sand, das verrann.
Aus dieser Ewigkeit wurde sie durch einen lauten Klang geschreckt.
Gina zuckte zusammen.
Als ob ihr Körper mit jedem neuen Schlag der Standuhr bebte.
Eins, zwei, drei, vier . . . zehn Schläge!
Sie hob den Kopf.
War der Albtraum vorbei?
Zitternd richtete sie sich auf und ging zurück zum Fenster. Sie
warf einen Blick auf das Haus gegenüber, wo die Wohnung im
vierten Stock jetzt in völligem Dunkel lag. Als sei der Film zu
Ende.
Hatte sie sich alles nur eingebildet?

Ja, lieber Gott, mach, dass das alles nicht wahr gewesen ist. Eine kurze Ohnmacht, eine Halluzination, eine Fata Morgana, meinetwegen eine Erscheinung. Mach, dass ich mich getäuscht habe. Dass ich nicht das Böse gesehen habe.

Nichts rührte sich gegenüber. Alles schien normal. Und vielleicht war auch nichts passiert. Vielleicht hatte sie es sich nur eingebildet. Vielleicht hatte ihre Mutter recht. Sie sagte immer, dass Gina überspannt sei und Horrorszenen entwarf, obwohl alles ganz harmlos war.

Gina beruhigte sich.

Es war vorbei!

Vorsichtig richtete sie sich auf, ohne jedoch den Blick von dem großen Fenster abzuwenden, das wie ein riesiger schwarzer Rahmen vor der hell erleuchteten Straße wirkte, auf der nun allmählich das Pariser Nachtleben begann. Mopeds knatterten. Ein paar Jugendliche liefen laut lachend am Haus vorbei. Wieder dieses Gefühl, dass sie nur einen Film gesehen hatte. Alles nur Fake. Nur Kulisse. Und vielleicht war es ja tatsächlich so. Vielleicht war gegenüber nur ein Fernseher angeschaltet gewesen? Ja, möglicherweise war nur ein Film auf einem riesigen Flachbildschirm gelaufen, der sich im Fenster gespiegelt hatte.

Gina war wirklich bereits überzeugt, dass sie sich alles nur eingebildet hatte, als sie plötzlich hinter dem Fenster einen hellen Schimmer wahrnahm. Ein rotes Licht, das durch den Raum wanderte. Ein unheimliches Flackern wie von einer Kerze, wie von vielen Kerzen. Etwas flammte auf. Etwas Unheimliches.

Wieder presste sie das Gesicht ans Fenster und versuchte zu erkennen, was dort drüben vor sich ging.

Im ersten Moment glaubte Gina, das Licht in der Wohnung ginge erneut an, bis sie erkannte, was es wirklich war.

Feuer!

Etwas in der Wohnung gegenüber loderte auf wie eine Fackel, und vor Schrecken gelähmt, beobachtete Gina, wie die Flammen auf die Wandteppiche übergriffen.
Der Albtraum ging weiter.
Ja, Gina musste träumen. Doch als sie die Fingernägel in die schweißnasse Handfläche grub, tat es weh. Sie war also hellwach! Kein Albtraum, kein Fernsehthriller, kein Killerspiel.
Sie hatte tatsächlich einen Mord gesehen.
Der schwarze Mann hatte vor ihren Augen ein Mädchen umgebracht. Wo war er jetzt? Noch in der Wohnung? Stand er irgendwo im Dunkel und beobachtete sie? Er wusste, dass sie alles gesehen hatte. Sie war die einzige Zeugin.
Lauf weg, schrei um Hilfe!
Aber Gina lief nicht weg. Sie schrie auch nicht um Hilfe.
Sie saß einfach nur da!
Sie musste etwas unternehmen!
Hilfe holen!
Ich muss Mama anrufen.
Gina bückte sich. Das Handy musste hier irgendwo liegen. Es war ihr aus der Hand gefallen. Im Dunkeln stieß sie mit dem rechten Knie hart gegen den Tisch und schrie vor Schmerz auf.
Wo war das verdammte Ding?
Für einen Moment empfand sie blanke Panik.
Dann die Erinnerung an einen altmodischen schwarzen Apparat auf der Kommode im Flur. Natürlich gab es einen Festnetzanschluss. Im Dunkeln kroch sie in den Flur. Ihre Knie schmerzten, überall stieß sie an Möbel. Ihr Körper musste bereits von blauen Flecken übersät sein. Für einen Moment spielte sie mit dem Gedanken, das Licht anzuschalten, doch dann überfiel sie wieder die Angst. Dieser Blick des Mannes. Wie er sie angestarrt hatte. Sie würde es nie vergessen.

Regungslos hatte er am Fenster gestanden, als sei er auf der Jagd. Auf der Jagd nach ihr.
Wer hat Angst vorm schwarzen Mann?
Niemand!
Stimmt nicht. Ich! Ich habe Angst und kann nicht weglaufen.
Gerade als sie den Flur erreicht hatte, ging im Treppenhaus das Licht an. Gina spürte, wie ihr Herz sich zusammenzog.
Wer kam da die Treppe hoch? Die Schritte hallten im Treppenhaus wider.
War er das?
Sie horchte in die Stille. Doch das Einzige, was sie wahrnahm, war der Orkan in ihren Ohren und ihr Herzschlag, der dumpf in ihrem Brustkorb den Takt der Angst angab.
Es dauerte nicht lange, dann verhallten die Schritte im Stockwerk unter ihr. Gina beruhigte sich. Das Licht aus dem Treppenhaus war hell genug, dass sie das Telefon auf der Kommode erkennen konnte. Das vertraute Tuten, als sie den Hörer ans Ohr hielt, war so beruhigend, dass Gina es einen Augenblick lang genoss, bis ihr bewusst wurde, dass sie die Handynummer nicht wusste, unter der sie ihre Mutter erreichen konnte. 0160. . .? 0160-30. . . oder war es 20? Keine Ahnung.
Sie konnte sich nicht konzentrieren. Ihr Kopf war leer. Und dann diese blöden Tränen, die hochschossen wie ein Geysir. Gleichzeitig fühlte sie eine Wut auf ihre Mutter, die so heftig war, dass sie sich auf die Zunge biss. Sie schmeckte das Blut.
Wieder sah sie das Mädchen vor sich. Wie es auf den Boden fiel. War sie tot? War der Mann noch da? Und wenn ja, was hatte er vor?
Sie musste doch irgendetwas tun!
Als Gina die Nummer ihres Vaters wählte, zitterten ihre Hände. Das Telefon klingelte lange, bis jemand abhob und verschlafen fragte: »Ja?«

Gina konnte vor Schreck nicht antworten. Das war nicht die Stimme, die sie erwartet hatte.

»Hallo, ist da jemand?«, fragte eine hohe Stimme genervt am anderen Ende.

»Es ist etwas Entsetzliches geschehen«, sagte Gina und legte sofort wieder auf.

Gina hatte nicht gewusst, dass Wut sich kalt anfühlte. Eiskalt. Während sich ihre Mutter irgendwo in Paris mit einem unbekannten Mann namens Philippe amüsierte, hatte ihr Vater Besuch von diesem wandelnden Weihnachtsbaum Vicky. Offenbar war sie schon bei ihm eingezogen und hatte das Recht, sein Telefon abzunehmen. Als seien sie verheiratet.

Und wer war für sie da?

Niemand!

Verdammt, wozu hatte man Eltern?

Doch sie hatte keine Zeit, sich selbst zu bemitleiden. Sie musste Hilfe holen! Sie musste . . . ihr Kopf arbeitete jetzt seltsam klar . . ., die Feuerwehr verständigen.

112.

War das die Nummer?

Der Hörer lag kalt und schwer in ihrer Hand. Sie wählte, wartete, bis ein kurzes Tuten ertönte.

Eine Frauenstimme sagte etwas auf Französisch. Es klang verdammt ähnlich wie *Diese Nummer ist nicht vergeben.*

☾

Sechs

Das kann nicht sein, das kann einfach nicht wahr sein, dachte Gina, als sie die Treppen hinunterstürzte.
Es ist nur ein Traum.
Man rennt und rennt und kommt nie ans Ziel.
Doch da war die Haustür. Sie riss sie auf und rannte direkt in ein verliebtes Pärchen, das eng umschlungen im Eingang stand.
»*Oh! la la!*«, hörte sie den Mann lachen.
Das Mädchen kicherte und rief laut: »*Attention!*«
Verdammt! Die knutschten hier herum, während gegenüber, direkt vor ihren Augen, etwas Schreckliches geschah. Rochen die den Qualm nicht? Sahen sie nicht den roten Schein des Feuers?
»Feuer!«, brüllte Gina laut und ihre Hand deutete an dem Pärchen vorbei auf das Haus gegenüber.
Doch sie verstanden sie nicht, sondern zuckten nur gleichgültig mit den Schultern.
Kapierten sie denn gar nichts? Waren sie blind? Taub? Oder alles zusammen? Vor Liebe?
Hatte noch niemand in dieser gottverdammten Straße bemerkt, dass es im Haus Nummer 13 brannte?
Sie konnte kaum reden vor Aufregung. Sie sah die Hausbewohner vor sich, die sie durch das Fenster beobachtet hatte. Was war mit der Frau in der Küche? Dem Mann in den Boxershorts? Und die beiden kleinen Kinder? Saßen sie noch immer vor dem Fernseher und amüsierten sich darüber, wie Scrat, diese Mischung aus Eichhörnchen und Ratte, in der Eislandschaft Purzelbäume schlug?
Sie alle, würden sie verbrennen?
»*Vite, vite!*«, schrie sie, fasste den jungen Mann am Hemd und zog ihn mit sich, während dieser versuchte, sich loszureißen.
Mein Gott. Hatte der eine lange Leitung. Verstand er denn

nichts? Rein gar nichts? Nein, er klebte verliebt an seiner blöden Tussi, die jetzt irgendetwas sagte wie sie solle Leine ziehen. Feuer, Feuer, was hieß Feuer auf Französisch? Das Wort war in Ginas Kopf, es lag auf ihrer Zunge, doch es ließ sich nicht hervorlocken. Es blieb stumm.
Fumer!, war das Einzige, was ihr einfiel.
Panisch stieß Gina hervor: »*Fumer!*«
Nein! Falsch! *Fumer* hieß rauchen. Verzweifelt hob sie die Hand und deutete auf das Fenster gegenüber, hinter dem nun der rote Schein des Feuers grell aufleuchtete.
Endlich verstand der junge Mann, rannte auf die Straße und begann, laut um Hilfe zu schreien. Wie gelähmt beobachtete Gina, wie er schließlich auf alle Klingeln an der Haustür gegenüber drückte, ohne loszulassen, während seine Freundin hektisch eine Nummer auf ihrem Handy tippte.
Im ersten Stock öffnete sich ein Fenster. Der Kopf eines alten Mannes erschien. Verwirrt fragte er, was los sei, und als er *Au feu!* hörte, verschwanden seine grauen Haare sofort.
Gina aber stand erstarrt im Regen auf der Straße und konnte den Blick nicht von dem Fenster im vierten Stock lösen, wo jetzt dunkler Rauch unter dem Fensterrahmen hervorquoll.
Alle Bewegungen wurden plötzlich seltsam langsam. Wie in einem Film. Alles verlief wie in Zeitlupe. Genau die Szene, in der Leute schreiend aus dem Haus zu schweben scheinen, bevor es laut krachend in sich zusammenfällt.
Aus diesen Gedanken riss sie eine Hand auf ihrer Schulter.
»*Attention!*«
Der Rauch war jetzt so stark, dass sie zu husten begann.
»*Attention!*«
Jemand zog sie zurück, obwohl sie Widerstand leistete. Aber dieser jemand ließ nicht nach. Zornig drehte Gina sich um. Vor ihr stand dieser Junge, wieder fiel ihr sein Name nicht ein. Ir-

gendetwas aus der Bibel. Moses. Abraham, Isaak, Goliath. Nein. Noah.

Er sagte etwas, doch sie verstand ihn nicht. Er sprach so verdammt schnell und der schrille Ton des Martinshorns übertönte seine Worte.

Gina hob die Arme und schrie ihn an: »*Je ne . . .*«, verdammt, was hieß ›verstehen‹ auf Französisch? Das wenigstens musste sie doch wissen. Französisch war ihre Muttersprache.

Noah zog sie weiter zurück, nahm keine Rücksicht darauf, dass sie sich sträubte, und deutete immer wieder auf das Feuer. Gina sah, wie die ersten Feuerwehrleute in das Haus liefen, den langen Schlauch hinter sich herziehend.

Der Rauch biss in ihrer Lunge, sodass sie erneut husten musste. Es stach in ihrer Nase und ihre Augen tränten. Ein schrecklich rotes Licht flammte auf. Sie wehrte sich nicht, als Noah sie endgültig wegzog. Ihr Hals schmerzte so, dass sie sowieso keinen Laut des Protests von sich geben konnte.

Immer mehr Feuerwehrleute betraten das Haus. Ein Hund bellte unaufhörlich. Das muss der dicke Hund der dicken Frau sein, dachte sie und dann, doch völlig egal, welcher Hund.

Dann kamen die ersten Hausbewohner herausgerannt. Die Frau, die das Geschirr in der Küche gespült hatte, trug ein kleines Kind im gelben Pyjama auf dem Arm, das sich die Augen rieb. Ein müder Teddy hing in seiner Hand.

Der Mann mit den Boxershorts trug jetzt Jeans und hielt schützend den Arm um eine schwangere Frau im Nachthemd, die laut schluchzte.

Was war mit dem Mädchen im blauen Kleid?

War sie auch dabei?

Nein, Gina konnte sie nirgends sehen.

Wie auch, wenn sie tot war.

Der alte Mann in Hausschuhen und Bademantel kam zur Haus-

tür heraus, stolperte über den Bordstein und fiel zu Boden. Ein Feuerwehrmann half ihm, wieder aufzustehen.
Erst in diesem Moment begriff Gina, dass niemand von dem Mädchen wissen konnte, wenn es noch dort oben auf dem Boden lag, mitten im Feuer.
»Polizei«, hörte sie sich stammeln und dann: »*Gendarme. Gendarmerie.*«
Gab es dieses Wort überhaupt oder klang es nur französisch?
Noah nickte und deutete auf den Polizeiwagen, der jetzt heulend um die Ecke bog, gefolgt von einem, nein, zwei Krankenwagen.
Er verstand nichts. Gar nichts. Er war dumm. Sie hatte es geahnt. Ein Schuhputzjunge, mehr nicht.
»Ein Mädchen«, versuchte sie zu schreien, doch der Rauch erstickte ihre Stimme. »Dort oben«, krächzte sie. »Kapierst du nicht? *Help! Girl! Jeune fille.*«
Noch immer starrte er sie verständnislos an.
Was denn?
Wollte er es noch auf Lateinisch hören?
Mit Arabisch konnte sie leider nicht dienen.
Ginas Kopf war leer wie bei den Schulaufgaben, wenn Madame Poulet auf ihren Stöckelschuhen hereinkam und verkündete: »Examen.«
Was hieß Tod?
Was Mord?
Sie spürte, wie sie bebte. Ihr Puls hämmerte so wild in ihrem Hals, dass sie kaum Luft bekam, und dazu dieser Rauch.
Aber sie musste sich erinnern. Sie musste Französisch sprechen. Sie konnte es. Sie wusste, dass sie es konnte. Konzentriere dich, Gina! Denk an das Mädchen, das dort oben liegt. Dort, wo das Feuer tobt.
»*Une jeune fille*«, schrie Gina Noah an.

Er wandte den Blick nicht von ihr. Er spürte, dass sie etwas Wichtiges zu sagen hatte. Er versuchte zu verstehen, wovon sie sprach und wollte sie beruhigen, indem er den Arm um ihre Schultern legte. Er roch nach Schuhputzmittel. Und dann geschah das Wunder. Das Mirakel, wie die Franzosen sagen. Aus den Tiefen ihres Gedächtnisses kamen plötzlich die französischen Worte automatisch über ihre Lippen. »Dort oben liegt ein Mädchen. Mitten im Feuer. Sie ist . . .«, flüsterte sie, »tot.« Sie sah den Schock in Noahs Gesicht aufblitzen.
»Mord!«, flüsterte sie schließlich auf Deutsch und das Entsetzen kam zurück. »Mord. *Jeune fille*. Mädchen.«
»*Morte?*«
»*Oui, morte.*«
Von einem Moment zum anderen rannte Noah los. Gina hatte Mühe, ihm zu folgen. Und er hatte keinerlei Skrupel, einen der Feuerwehrmänner am Ärmel zu packen und auf ihn einzureden. Doch dieser hörte ihm ganz offensichtlich nicht zu, sondern schob Noah ungeduldig zur Seite. Verzweifelt schaute sich dieser um. Schließlich ging er zielstrebig auf einen blonden Mann zu. Sie sprachen miteinander. Von der gegenüberliegenden Straßenseite beobachtete Gina, wie der Mann Noah aufmerksam zuhörte. Ab und zu warf er einen Blick in ihre Richtung und schließlich kamen beide herüber. Noahs Lächeln war beruhigend, als er Gina den Mann vorstellte. »*Commissaire* Maurice Ravel.«
O. k., einen Kommissar hatte Gina sich immer anders vorgestellt. Dieser hier trug keine Uniform, sondern dreiviertellange Jeans, ein weißes Kurzarmhemd und Sandalen. Vielleicht war er von einer Grillfeier gerufen worden. Als er direkt vor ihr stand, sah Gina, dass sich Aschestaub in seinen blonden Haaren festgesetzt hatte. Er sah aus, als sei er plötzlich, über Nacht, grau geworden. »Du hast etwas gesehen?«, fragte er.

»*Oui.* Da war ...«
Gerade als sie den Mund zu einer Antwort öffnete, war ein lauter Knall zu hören. Dann noch einer. Das Feuer brachte im vierten Stock ein Fenster nach dem anderen zum Bersten. Sie sprangen aus dem Rahmen.
Gina spürte Glassplitter in ihrem Gesicht.
Dann schwankte plötzlich der Boden unter ihren Füßen und sie schwebte in der Luft.
War das die Rettung?
War nun der Albtraum zu Ende?
Das Letzte, was sie wahrnahm, war ein Gesicht, das in der Menge stand. Es gehörte zu einem Mädchen, das ein Skateboard unter dem Arm trug und einen Walkman Modell 19. Jahrhundert in der Hand hielt. Das Entsetzen stand ihr im Gesicht geschrieben. Und ihre Haare waren so feuerrot, dass Gina, während sie fiel, glaubte, sie würden in Flammen stehen.

☾

Sieben

Gina drehte einen Film mit Steven Spielberg: *Aladin und die Wunderlampe.* Am Set war die Hölle los. Überall rannten Schauspieler herum. Johnny Depp schrie Antonio Banderas an und ihr war fürchterlich heiß. Sie hielt den Arm vors Gesicht. Hohe Flammen schlossen sie ein und über den Dächern schwebten große Rauchschwaden wie fliegende Teppiche. Es donnerte und blitzte und die Erde bebte. Vor Aladin tat sich ein Spalt auf und ...
»Gina!«
Wer störte die Dreharbeiten?

»Gina?«

Gina öffnete die Augen. Die Umgebung lag in rotes Licht getaucht. Tatsächlich – Menschen rannten hin und her und schrien laut, aber weder Johnny Depp noch Banderas waren zu sehen.

Wo war sie?

Warum war sie hier?

Ja, wer war sie überhaupt?

Sie stellte fest, dass sie in einem Rollstuhl saß. Hatte sie einen Unfall gehabt? War sie gelähmt? Konnte sie ihre Beine überhaupt noch bewegen? Vorsichtig bewegte sie die Füße. Sie funktionierten noch. Immerhin spürte sie, dass ihre große Zehe wie immer geübt den Weg durch das Loch in der Strumpfhose fand.

In ihrem Hals kratzte etwas. Ein bitterer Geschmack hing in ihrem Mund. Sie musste husten und konnte nicht mehr aufhören.

»Möchtest du etwas trinken?«

Sie blickte nach oben und sah den jungen Johnny Depp neben sich stehen, der die Rolle eines marokkanischen Schuhputzjungen spielte.

Es war also doch alles nur ein Film. Er hielt ihr eine Wasserflasche entgegen.

»*Merci.*«

»*De rien.*«

Sie hob die Flasche an ihren Mund und konnte gar nicht mehr aufhören zu trinken. Anschließend brannte noch immer der Rauch in ihrem Hals und wieder wurde sie von einem Hustenanfall geschüttelt.

»Was ist passiert?«, krächzte sie. Es klang fast so, als hätte sie einen arabischen Akzent.

»Du hast die Augen verdreht«, Noahs Augen rutschten nach

oben, »... und dann Peng!« Er machte eine Handbewegung zur Seite.
»Ich bin umgekippt?«
»*Oui.*«
Nicht weit von ihr hatten sich Neugierige versammelt. Monsieur Saïd stand mit einer riesigen Kühlbox zwischen ihnen und verteilte Getränke. Eine Frau schluchzte und der alte Mann mit den grauen Haaren schimpfte laut. Unwillkürlich schaute sich Gina nach einem rothaarigen Mädchen um. Hatte sie nur geträumt? Ihr Blick suchte die Fenster im vierten Stock, deren Umrisse hinter den Rauchschwaden nur noch zu erahnen waren. Allmählich kehrte die Erinnerung zurück. Eines wurde Gina in diesem Moment klar. Es lohnte sich nicht, in Ohnmacht zu fallen. Die Welt veränderte sich dadurch kein bisschen.
»Was ist mit dem Mädchen? Haben sie es gefunden?«
Noah hob die Schultern. »Ich weiß nichts.«
»Sie ist tot, oder?«
»Keine Ahnung.«
»Wo ist dieser Kommissar?«
Noah deutete Richtung Haustür, wo Maurice Ravel mit einem der Feuerwehrleute sprach.
Gina schob sich aus dem Rollstuhl und rannte auf den Kommissar zu. Je näher sie dem Gebäude kam, desto heißer wurde es, desto mehr kratzte der Rauch in ihren Lungen. Wieder bekam sie kaum Luft. Maurice Ravel hielt sie an der Schulter fest.
»Du kannst hier nicht durch.«
»Was ist mit ihr? Was ist mit dem Mädchen?«
»Ich muss dir zunächst einige Fragen stellen.« Monsieur Ravel zog einen Notizblock aus der hinteren Tasche seiner Jeans.
»Fragen, was für Fragen denn?«
»Wie heißt du?«

»Mann, das ist doch scheißegal, wie ich heiße. Was ist mit dem Mädchen?«
»Dein Name?« Ein Blick aus stahlblauen Augen traf sie und dieser war beharrlich.
»Gina Kron.«
»Du bist keine Französin, oder? Du sprichst mit Akzent.«
»Ich bin in Paris geboren.«
Er runzelte verwundert die Stirn: »Ich dachte . . .«
»Ich bin in Deutschland aufgewachsen«, fuhr Gina fort. »Aber das spielt doch jetzt keine Rolle. Sagen Sie mir lieber, was los ist. Was ist mit ihr?«
»Wo sind deine Eltern?
Am liebsten hätte Gina gesagt: Ich habe keine Eltern mehr, aber die Augen von Kommissar Ravel waren Stahlnägel, die sie fixierten. »Meine Mutter ist in irgendeinem Restaurant, aber ich weiß ihre Handynummer nicht.«
»Dieser junge Mann erzählt immerzu etwas von einem Mädchen.«
Gina sah sich suchend nach Noah um, doch er war verschwunden.
»Ja.«
»Was für ein Mädchen?«
Gina wagte den Blick nicht nach oben zu richten, wo das Mädchen im blauen Kleid gestanden hatte.
»Ich habe sie am Fenster gesehen.«
»Wo?«
»In der Wohnung.« Sie deutete auf die zerborstenen Fenster. »Dort wo es gebrannt hat.«
»Wann hast du sie gesehen?«
»Kurz . . .«, Gina stockte, »kurz bevor das Feuer ausgebrochen ist.«
»Und wo warst du?«

»In dem Haus auf der anderen Seite.« Gina wandte sich um und deutete nach oben. »Auch im vierten Stock. Wir standen uns genau gegenüber.«

»Dann hast du gesehen, wie das Feuer ausbrach?«

Gina schüttelte den Kopf. »Nein, aber...« Sie brach ab. »Und da war noch jemand.«

»Noch jemand?« Der Kommissar runzelte die Stirn, als ob er ihr nicht glaubte.

Gina atmete tief durch: »Bevor der Brand ausgebrochen ist, war ein Mann bei dem Mädchen. Sie haben sich gestritten und dann...«

Gina begann zu erzählen, was sie gesehen hatte. Alles. Wie das Mädchen auf die Straße gestarrt hatte, als erwarte sie jemanden. Von dem Mann, der um die Ecke gekommen war und später in der Wohnung auftauchte.

Es sprudelte nur so aus Gina heraus. Sie hatte nicht gewusst, dass sie immer noch fließend Französisch sprechen konnte. Immer wieder hatte ihre Mutter sie damit genervt, dass sie mit ihr in ihrer Muttersprache reden solle. Doch wenn diese Französisch sprach, hatte Gina stets Deutsch geantwortet. Seit dem Tod der Großmutter.

Sie wandte sich an Monsieur Ravel. »Das Mädchen muss dort oben in der Wohnung liegen. Ich glaube...«, sie stockte, »sie ist tot.«

»Tot?«, wiederholte er und sie las in seinen Augen den Zweifel.

»Dieser Mann...« Ginas Stimme wurde plötzlich heiser. »Er hatte ein Messer in der Hand.«

»Ein Messer?«

»Ja.« Gina brachte nur ein Flüstern heraus. Sie wusste, dass es unglaublich klang.

Der Polizist schwieg einen Moment ungläubig und fragte Gina dann mit zusammengezogenen Brauen: »Und du konntest diesen

Mann sehen? Von gegenüber? Obwohl es bereits dunkel war...?« Maurice Ravel schüttelte den Kopf. »Das ist unmöglich.«
»Ist es nicht«, Gina hatte das Bedürfnis, den Kommissar anzuschreien. »Er stand mitten im Raum....« Dass die Erwachsenen einen immer für unzurechnungsfähig hielten, für bekloppt. Dabei hatte sie, Gina, alles ganz deutlich gesehen. Da gab es keinen Zweifel. »Die Wohnung war hell erleuchtet. Ich konnte ihn deutlich erkennen. Es war derselbe Mann, der vorher unten auf der Straße gestanden und hochgestarrt hatte.«
»*Bon*«, sagte Monsieur Ravel, »ein Mann also.« Er zog sein Handy hervor und ging einen Schritt beiseite.
Während er telefonierte, trat Gina von einem Fuß auf den anderen. Warum dauerte das alles so lange? Warum erzählte ihr keiner, was mit dem Mädchen war? Das Feuer in der Wohnung war gelöscht. Dicke Rauchschwaden drangen durch die zerborstenen Fenster.
Den Blick nach oben gerichtet, hörte Gina plötzlich hinter sich Geschrei. Eine aufgeregte Stimme, die ihr bekannt vorkam. Als sie sich umdrehte, stand ihre Mutter hinter der Absperrung und schrie einen jungen Polizisten an, der verwirrt die Hände hob. Oh Gott, Maman würde doch nicht mit der Handtasche auf ihn losgehen?
»Gina, was ist los?«
Ginas Mutter verlor ihren Schuh, als sie sich bückte, um durch die Absperrung zu kriechen, ungeachtet der Tatsache, dass der junge Polizist sie zurückzuhalten versuchte.
»Fassen Sie mich nicht an«, zischte sie. Ihre Frisur hatte den Abend nicht überstanden. Zahlreiche Strähnen hatten sich gelöst und hingen ihr ins Gesicht.
»Kennst du die Frau?«, fragte Maurice Ravel.
»Vor drei Stunden«, sagte Gina »war das noch meine Mutter.«

☾

53

Acht

Mann, ihre Mutter schien sich tatsächlich Sorgen zu machen, so wie sie auf Gina zurannte. Sie wollte schon den Kommissar warnen, denn Maman konnte zur Furie werden, wenn es um ihre Tochter ging, und tatsächlich, als sie bei ihnen ankam, lag in ihren Augen dieses gefährliche gelbe Funkeln. Und so wie sie die Hände nach vorne streckte, konnte man denken, dass sie tatsächlich ihre Krallen ausfuhr.

Sie packte Gina an den Schultern und drückte sie fest an sich.
»Was ist los? Geht es dir gut? Ist dir auch wirklich nichts geschehen?«
»Nein, alles in Ordnung.«
»Bist du sicher?«
»Ja, klar bin ich sicher. Oder sehe ich tot aus?«
»Sag so etwas nicht.«

Energisch wandte sich Valerie Kron schließlich an Monsieur Ravel und starrte ihn so böse an, als hätte er Gina nach Paris entführt und nicht sie selbst.

»Was, verdammt noch mal, geht hier eigentlich vor? Wieso halten Sie meine Tochter fest?«

»*Maman*«, mischte sich Gina ein, »das erzähle ich dir alles später. Jetzt ist nur eines wichtig, dass wir ...«

Ihre Mutter hörte sie nicht, sondern sprach wütend auf den Kommissar ein, der zunächst keine Miene verzog, wofür Gina ihn bewunderte. Das hatte ihr Vater nie geschafft. Andererseits, als Polizist hatte er sicher mit schwierigeren Fällen zu tun als ihrer Mutter, und tatsächlich brachte er diese für einen kurzen Moment mit ruhiger Stimme zum Schweigen.

»Sie sind also die Mutter dieses Mädchens?«
»Sehe ich etwa wie ihre Großmutter aus?« Ihre Mutter starrte den Kommissar wütend an.

»Aber nein, Madame«, erwiderte dieser lächelnd. »Ich dachte eher an ihre Schwester.«
Damit hatte er ihre Mutter natürlich am Haken. Da wurde sie butterweich. »Entschuldigen Sie, dass ich Sie so anschreie, aber ihr Vater«, sie deutete auf Gina, als sei diese ein Gegenstand, »hat angerufen und erzählt, es sei etwas Schreckliches passiert.«
»Es war furcht...«, begann Gina, wurde aber sofort wieder von ihrer Mutter unterbrochen.
»Er konnte mir aber nicht sagen, was. Er wusste nur, dass Gina angerufen hatte.« Sie wandte sich vorwurfsvoll an Gina: »Warum hast du eigentlich nicht mich angerufen, sondern deinen Vater? Der kann dir doch, weiß Gott, nicht helfen. Stattdessen hat er mich angebrüllt, weil ich dich allein gelassen habe.«
»Deine Nummer, sie ...«
»Als ich die ganze Polizei und die Feuerwehr hier gesehen habe, dachte ich, du hättest einen Unfall.« Ihre Mutter legte die Hand auf die Brust. »Kannst du dir vorstellen, wie ich erschrocken bin?«
»Dieser Mann ...«, versuchte Gina es erneut.
»Welcher Mann?«
»Ich glaube, er hat sie getötet. Sie einfach ...«
»Getötet? Wovon sprichst du überhaupt?«
»Wenn du mir verdammt noch mal einmal zuhören würdest, dann könnte ich dir die ganze Geschichte erzählen«, schrie Gina plötzlich. Damit brachte sie ihre Mutter tatsächlich zum Schweigen und konnte nun ruhig die Geschichte zum zweiten Mal erzählen. Als sie fertig war, musste sich ihre Mutter in den Rollstuhl setzen. »Und du hast dir das nicht nur eingebildet?«, fragte sie Gina.
»Nein! Habe ich nicht. Er hatte ein Messer in der Hand, ich weiß es genau. Er hat das Mädchen hier getroffen ...« Sie legte die

Hand auf ihre Brust. »Ich habe es gesehen und er . . .« Wieder stockte sie. »Er hat mich auch gesehen.«
Für einen Moment herrschte Schweigen.
»Er hat dich gesehen?«, fragte Maurice Ravel.
Gina nickte.
»Und was unternehmen Sie jetzt?« Die blitzenden Augen von Ginas Mutter richteten sich vorwurfsvoll auf den Kommissar. »Sie stehen einfach so herum, während in der Straße Leute umgebracht werden. Was ist nur aus Paris geworden?«
»Das ist die Version, die Ihre Tochter erzählt, aber . . .«, der Polizist zögerte merklich.
»Glauben Sie etwa meiner Tochter nicht?«
»Nun, das Problem ist . . .«
»Was?«
»Wir haben kein Mädchen in der Wohnung gefunden.«
Gina schüttelte verwirrt den Kopf. »Aber das gibt es nicht. Sie muss dort sein. Sie liegt am Boden.«
Der Polizist schüttelte langsam den Kopf. »Nein, da war kein Mädchen. Weder tot noch lebendig. Auch nicht unter den Hausbewohnern, die gerettet wurden.«
»Aber wo . . .«
Er zuckte die Schultern, als bedaure er es, keine Leiche gefunden zu haben.
»Aber wie kann das sein?«, rief Gina.
»Bist du dir ganz sicher«, fragte Monsieur Ravel, »dass du dich nicht getäuscht hast?«
»Wie kann ich mich täuschen? Das Mädchen stand am Fenster . . . ich habe ihr sogar zugewunken . . .«
»Aber«, Maurice Ravel machte eine kurze Pause, bevor er weitersprach, »die Wohnung steht seit Jahren leer. Dort hat nie ein Mädchen gewohnt.«
»Glauben Sie, ich habe mir das nur ausgedacht?«

Der Polizist ließ seine Hand lange auf ihrer Schulter liegen. In seinen blauen Augen stand eine Frage, und wenn sie sich nicht täuschte, erkannte sie so etwas wie Mitleid. Was sie überhaupt nicht ausstehen konnte. Denn das machte weiche Knie und trieb einem die Tränen in die Augen.
»Aber da war ein Mädchen!«, rief Gina wütend.
Schweigend sah der Kommissar sie an.
Hey, er glaubte ihr nicht. Was sollte das?
»Es gibt keinen Hinweis«, sagte der Kommissar ruhig. »Die Wohnung stand leer.«
»Na und?«
»Die Concierge, also die Hausmeisterin, sagt, dass der Besitzer im Ausland lebt. Sie hat niemand Unbekannten hinein- oder hinausgehen sehen und schon gar kein Mädchen.«
»Mir doch scheißegal, was die sagt«, schrie Gina, als sie merkte, dass ihr Tränen in die Augen traten. »Ich bin mir ganz sicher.«
»Gut«, antwortete er. »Ich kann nichts anderes tun, als der Sache nachzugehen. Du erzählst mir, wie der Mann ausgesehen hat, und wir machen ein Protokoll. Einverstanden?«
Er lächelte ihr zu, wie man Verrückte angrinst, um sie zu beruhigen, damit sie nicht Amok laufen. Aber er konnte Gina nicht täuschen. Sie erkannte ihn doch, den Zweifel in seinen blauen Augen. Und ihre Mutter schlug sich auf seine Seite. Verräterin!
»Vielleicht bist du eingeschlafen, hast geträumt?« Ihre Mutter sprach betont ruhig mit ihr. »Die fremde Wohnung, die neue Umgebung, ich hätte dich wirklich nicht . . .«
»Red nicht mit mir wie mit einem Baby.«
»Ich meine ja nur, es war alles schließlich ein bisschen viel. Die Reise . . .«
»Nein!«, schrie Gina. »Habt ihr eigentlich Watte in den Ohren? Seid ihr schwerhörig? Ich habe nicht geschlafen. Ich habe alles gesehen. Er ging mit einem Messer auf sie los. Sie ist tot. Und

dann kam er ans Fenster. Er hat mich gesehen, verstehst du? Er weiß, dass ich alles weiß.«
»Aber wenn Monsieur Ravel sagt, dass da niemand war . . .«
»Er hat sie weggebracht. Irgendwohin. Wo niemand sie findet.«
»Das ist nicht so einfach, so leicht kann man eine Leiche nicht verschwinden lassen«, sagte ihre Mutter, als ob sie davon eine Ahnung hätte. Sie kannte Mord und Totschlag doch nur von der Bühne. Dann wandte diese sich erneut an den Kommissar:
»Es ist jetzt fast zwölf Uhr. Mitten in der Nacht. Meine Tochter ist müde. Vielleicht sollten sie erst einmal feststellen, ob dieses Mädchen tatsächlich existiert. Mein Gott, meine Tochter ist gerade einmal vierzehn. Sie hat im letzten Jahr einiges mitgemacht. Mein Mann und ich . . . Sie verstehen. In diesem Alter hat man zu viel Fantasie. Morgen ist auch noch ein Tag. Und eine Leiche, die nicht existiert, kann auch nicht weglaufen, oder? Irgendjemand wird das Mädchen ja schließlich vermissen.«
»*Bien sûr*. Ich melde mich gleich morgen bei Ihnen. Wir müssen die Ergebnisse der Spurensicherung abwarten. Vielleicht finden die etwas, das Licht in die Geschichte Ihrer Tochter bringt. Und wir werden sehen, ob es eine Vermisstenanzeige gibt. Nur wenn jemand vermisst wird, können wir nach ihm suchen.«
»Es gibt für alles eine Erklärung«, erwiderte Ginas Mutter, legte den Arm um Gina und zog sie mit sich fort.
Gina wehrte sich nicht. Sie war plötzlich unglaublich müde. Als ihre Mutter die Haustür aufschloss, hörte sie hinter sich eine Stimme. Sie drehte sich um und erkannte Noah, der sich aus der Menge löste, die noch immer neugierig das Geschehen beobachtete. Er sah sie eindringlich an und sagte etwas, das sie nicht verstand.
Wie auch.
Es war Arabisch.

☾

Neun

Das verschwommene Licht der Morgendämmerung drang durch die Schlitze der Fensterläden und Gina vernahm ein Geräusch, das in ihren Ohren wie eine Warnung klang. Schweißgebadet schreckte sie hoch. Nur langsam wurde ihr klar, dass eine Gruppe Tauben sich draußen auf der Brüstung des kleinen Balkons niedergelassen hatte. Dem Gurren nach hatten sie Wichtiges zu besprechen.

»Haltet die Klappe!«, murmelte Gina und schloss erneut die Augen.

Nach den seltsamen Ereignissen des gestrigen Abends war sie zunächst zu aufgedreht gewesen, um einzuschlafen, doch irgendwann spät war sie doch in einen schweren Schlaf gefallen, aus dem sie immer wieder aufgeschreckt war. Die ganze Nacht war das Mädchen in dem blauen Kleid durch ihre Träume gegeistert.

Gegeistert! Das war das passende Wort! Es war sogar verdammt passend! Immer wieder war das Mädchen wie ein Gespenst aufgetaucht. Blass, geradezu durchsichtig. Als ob lediglich blauer Stoff durch die Dunkelheit wehte. Das allein wirkte schon unwirklich, aber wirklich abgedreht war, dass sie die Hand ausstreckte und ihr, Gina, zuwinkte. Mit diesen langen farblosen Fingern, als seien sie aus durchsichtigem Glas.

Richtig abgefahren aber wurde es, als Gina versuchte, die Hand zu ergreifen. Dann löste sich diese nämlich augenblicklich in Luft auf.

Echt gruselig. Die Finger lösten sich in Luft auf. Das sagte man so dahin. Aber tatsächlich hatte Gina erst eine Berührung und dann einen kalten Hauch auf ihrer Hand gespürt. Unwillkürlich zog Gina jetzt die Hand unter der Bettdecke hervor und starrte sie lange an. Dann legte sie sie an ihre Wange. Sie war eiskalt.

Alles Unsinn!
Non-sens, wie der Franzose sagte.
Eine Berührung konnte man nicht sehen. Und ein Traum war ein Traum. Sie sollte ihn vergessen und versuchen, sich an den Abend zu erinnern. Hatte sie etwas vergessen? Irgendeine Kleinigkeit? Ein winziges Detail, das sie Monsieur Ravel erzählen konnte, damit er ihr endlich glaubte?
Da war etwas in ihrem Hinterkopf! Sie spürte es genau. Verdammt! Sie sah die Szene so klar vor sich, als sei sie vergrößert. Wie der Mann mit dem Messer auf das Mädchen losgegangen war. So etwas bildete man sich doch nicht ein! Außer, ja, außer man war vollkommen schwachsinnig. Und das war sie nicht. Auf keinen Fall.
Nein, das gestern Abend war keine Einbildung gewesen, sondern die wirkliche Wirklichkeit. Egal, ob ihre Mutter oder dieser Polizist ihr glaubten. Egal, ob das Mädchen verschwunden war oder nicht. Es war eine Tatsache: Der Mann in dem schwarzen Anzug hatte das Mädchen getötet. Das war so sicher, wie die Erde sich um die Sonne drehte, wie der Himmel über Paris heute blau war, wie ihre Hand fünf Finger hatte: eins, zwei, drei, vier, fünf.
Aus diesen Gedanken riss sie ihre Mutter, die mit einem Tablett zur Tür hereinkam. Sie trug noch ihr Nachthemd, das sie Negligé nannte, und hatte Lockenwickler im Haar.
»Guten Morgen, mein Schatz. Hast du gut geschlafen?«
Blöde Frage. Seit wann schlief man gut nach einem Mord?
»Nein!«
»Kein Wunder. Die Luft ist ja so stickig!«
Ihre Mutter riss das Fenster auf und klappte die Läden zur Seite. Erschreckt flogen die Tauben auseinander und gurrten laut vor Entrüstung. »Heute scheint die Sonne. Ein wunderbarer Tag! Paris wartet auf dich.«

»Paris kann bis in alle Ewigkeit warten. Ich bleibe im Bett!«
Ihre Mutter ignorierte ihre schlechte Laune: »Ich muss in einer Stunde im Theater sein. Du begleitest mich. Nach dem gestrigen Abend möchte ich nicht, dass du hier alleine in der Wohnung sitzt und dir weiß Gott was für Gedanken machst...«
»Du denkst immer noch, ich habe mir das alles eingebildet, stimmt's?«
»Vergiss das Ganze einfach.«
»Vergessen? Hey, wie kann ich das vergessen? Ich habe einen Mord beobachtet.«
»Jaja, das ist aber jetzt Sache der Polizei. Dieser Monsieur Ravel wird sich darum kümmern. Übrigens ein netter Mann.«
»Wird er nicht. Und weißt du auch warum? Weil nicht einmal du, meine eigene Mutter, mir glaubst.«
»Und bitte«, ignorierte ihre Mutter sie, »ruf nicht sofort wieder deinen Vater an. Dann bist du schneller in Frankfurt, als du denken kannst, und musst mit ihm bei dieser Tussi wohnen, die aussieht wie Paris Hilton.«
»Immer noch besser als in der Wohnung von einem, der sich einbildet, Ludwig XVI. zu sein.« Doch ihre Mutter war bereits wieder verschwunden.
Die Polizei – für die existierte das Mädchen in dem blauen Kleid doch lediglich als Traumgestalt in Ginas Kopf.

Gina saß in der Theatergarderobe, wo ihre Mutter ihr Kostüm an einer Schneiderpuppe absteckte. Es hatte viel Ähnlichkeit mit dem Gewand, das das Mädchen getragen hatte. Gina konnte die Augen kaum davon abwenden. Immer wieder kaute sie vor Aufregung an ihren Fingernägeln.

»Lass das«, sagte ihre Mutter, zahlreiche Stecknadeln im Mund »Dazu bist du zu alt.«
Gina hatte Angst, dass sie die Nadeln verschlucken könnte. Andererseits sollte sie doch. Ihr doch egal.
Es war zum Verrücktwerden. Dass alle einfach so weitermachten, während Gina doch genau wusste . . . und sie täuschte sich nicht. Das Mädchen existierte und der Mann auch, der schwarze Mann, ein Lord Voldemort, der nachts durch Paris geisterte und Mädchen tötete.
Zum hundertsten Mal blätterte sie die Pariser Tageszeitungen durch, die ihre Mutter auf ihr Drängen an einem Kiosk gekauft hatte.
Doch nichts. Nur eine kleine Notiz über einen Wohnungsbrand in der Rue Daguerre und der Hinweis, dass glücklicherweise niemand zu Schaden gekommen sei. Kein Wort von einem Mädchen, das vermisst wurde! Keine Andeutung, wie der Brand ausgebrochen war.
»Warum schreiben die nicht mehr?«
Ihre Mutter seufzte. »Es war spät gestern Abend, die Redaktionen vielleicht schon geschlossen! Da setzen sie eben nur eine kleine Meldung in die Zeitung.«
»Kein Wort über das Mädchen!«
Ihre Mutter schwieg.
»Irgendjemand muss das Mädchen doch vermissen, oder?«
Wieder keine Antwort.
»Vielleicht hat noch jemand anders in der Straße sie gesehen?«
»Du hast doch gehört, was der Polizist gesagt hat. Die Wohnung steht leer. Schon seit Jahren!«
»Denken sie.«
Eine Weile schwiegen beide.
»Und warum meldet sich dieser Kommissar nicht? Er braucht doch eine Beschreibung von dem Mörder, sonst wird er ihn nie

finden. Ohne mich wissen die ja gar nicht, wie er aussieht. Oder das Mädchen. Ich könnte beide genau beschreiben.«
»Gina! Ich kann mich jetzt nicht mit dir unterhalten. Ich muss mich konzentrieren!«
Ich muss mich konzentrieren, äffte Gina in Gedanken die Worte ihrer Mutter nach.
Weshalb war sie überhaupt mitgekommen? Jeder wusste doch, dass das Theater eine Klapsmühle war. Überall Verrückte, die sich mächtig wichtig nahmen.
»Da hätte ich auch zu Hause bleiben können.« Gina sprang vom Tisch herunter.
»Du machst mich wahnsinnig, Gina«, seufzte ihre Mutter erneut.
»Warum ruft er nicht an?«
»Glaube mir, wenn die Polizei sich nicht meldet, ist das immer ein besseres Zeichen als umgekehrt.«
»Ihr denkt alle, ich bin verrückt.«
Ginas Mutter drehte sich zu ihr und schnitt eine Grimasse. »Tu mir einen Gefallen, Gina, und geh in den Zuschauerraum. Mozart beruhigt.«
Mein Gott, ihre Mutter sprach mit ihr wie mit einer Dreijährigen. Geh schön spielen und lass Mama arbeiten.
»Auf das Gejaule kann ich verzichten. Davon bekomme ich nur Kopfschmerzen.«
Dennoch verließ Gina die Garderobe und begab sich zur Bühne, wo einige Arbeiter damit beschäftigt waren, Kulissen aufzubauen. Der Palast des Sultans war aus Sperrholzplatten zusammengezimmert und schwebte an Seilen über die Bühne, während das Orchester probte. Nie und nimmer würden die es schaffen, dass es wie Mozart klang. Jedes Instrument machte, was es wollte. Das Ganze hörte sich an wie die Versuche der musikalischen Früherziehung.
Mozart.

Die Entführung aus dem Serail.
Eine abgedrehte Entführungsgeschichte, in der Konstanze nach einem Überfall von Seeräubern auf einem Sklavenmarkt verkauft und in den Palast eines orientalischen Fürsten verschleppt wird. Wer lebte hier in einer Fantasiewelt? Sie oder die Erwachsenen, die tierisch viel Geld bezahlten, um so etwas zu sehen? Nein, Gina konnte am Theater und an der Oper nichts finden. Oben auf der Bühne stand die Sängerin der Konstanze und übte ihre Arie. Die würde garantiert niemand entführen. Dazu war sie viel zu dick. Sie sah nicht aus wie eine junge schöne Spanierin, um die sich zwei Männer stritten. Und kein Mann würde diese schrille Stimme auf Dauer ertragen, die klang wie die Trillerpfeife ihrer Sportlehrerin. Und dann noch dieser Text, dessen Sinn kein Mensch verstand.
Lass, ach Geliebter, lass dich das nicht quälen.
Was ist der Tod? Ein Übergang zur Ruh!
Und dann, an deiner Seite,
Ist er Vorgefühl der Seligkeit.
Irgendwie schien die Liebe nur zu funktionieren, wenn sie mit dem Tode bedroht war.
Ach, Gelieber, dir zu leben
Ist mein Wunsch und all mein Streben;
. . .
In diesem Moment machte es in Ginas Kopf klick.
Geliebter . . .
Das Mädchen im Fenster.
Scheherazade.
Wartet sie auf ihren Geliebten?
Sie hörte sich selbst sprechen.
Wie hatte sie das nur vergessen können?
Sie hatte das Mädchen gefilmt!
Und den Mann!

Der Beweis! Sie hatte einen Beweis! Warum hatte sie nicht daran gedacht?
Aufgeregt sprang sie auf, wobei sie an eine der Vasen stieß, die zur Dekoration gehörte. Sie fiel um. Leider war sie nicht aus Sperrholz, sondern aus echtem Porzellan und zerschellte auf der Bühne. Konstanze hörte auf zu singen. Der Palast des Sultans verharrte über ihrem Kopf wie das scharfe Fallbeil der Guillotine.
»Was soll das? Was machst du hier?«, hörte sie hinter sich einen Mann schreien.
Erschrocken drehte sie sich um. »Entschuldigung, ich . . .«
»Kinder haben hier nichts zu suchen! Hier wird gearbeitet!«
Der Mann trug eine weiße Hose, was Gina bei Männern nicht ausstehen konnte, und dazu ein hellblau-gelb gestreiftes Hemd, das halb geöffnet war und den Blick freigab auf graue Brusthaare, die wie Staubflusen aussahen. Mit Sicherheit waren die schwarzen, glatt nach hinten gekämmten Haare gefärbt. Er sah aus wie ein italienischer Gigolo.
»Entschuldigung«, wiederholte Gina noch einmal und sah zu, dass sie verschwand.
Aufgeregt rannte sie zur Garderobe und stieß die Tür auf.
»Mama, ich muss dir etwas erzählen!« Fast hätte sie die Schneiderpuppe umgerannt.
»Pass doch auf, Gina!«
»Ja, aber ich kann jetzt beweisen . . .«
»Was denn nun schon wieder?«
Ein lautes Klopfen unterbrach sie. Die Tür öffnete sich und der Mann mit den weißen Hosen betrat die Garderobe, in der Hand einen Strauß roter Rosen. Er beachtete Gina nicht, sondern ging sofort auf ihre Mutter zu, die plötzlich zu kichern begann und »Nicht doch!« sagte.
Rote Rosen! Was ging hier ab? Wer war der Lackaffe?

»Ach, Schätzchen«, sagte ihre Mutter und ihre Nervosität zeigte Gina, dass sie ein schlechtes Gewissen hatte. »Darf ich dir Monsieur Piot vorstellen, den Regisseur?«
Dann wandte sie sich an den Mann: »Philippe, *voilà ma fille*, meine Tochter.«
Der Mann warf Gina erst einen irritierten Blick zu, dann verstand er und schob rasch ein falsches Lächeln ins Gesicht. »*Bonjour.*«
Gina antwortete nicht, sondern versuchte, die Aufmerksamkeit ihrer Mutter zu erlangen: »Mir ist etwas eingefallen, Mama.«
Ungeduldig räusperte sich dieser Philippe mehrfach, um ihr zu verstehen zu geben, dass sie störte!
»Jetzt nicht, Gina. Ich muss arbeiten!«
»Aber ich habe es mir nicht eingebildet. Ich kann es jetzt beweisen!«
»Entschuldige«, wandte sich ihre Mutter an Philippe, der ungeduldig auf seine Uhr schaute.
»Ich habe sie gefilmt.« Gina ließ nicht locker.
»Wen?«
»Das Mädchen! Dass ich daran nicht gedacht habe. Ich muss sofort zurück und das Handy suchen. Dann können wir zur Polizei gehen.«
»Ich kann jetzt nicht weg«, sagte ihre Mutter.
»Aber es ist wichtig. Vielleicht kann die Polizei . . .«
»Gina, der Fotograf kommt gleich wegen der Aufnahmen für das Programmheft.« Ihre Hand griff nervös in ihre Locken.
»Dann lass mich alleine fahren. Ich hole das Handy, komme zurück und du gehst mit mir zur Polizei.«
Der Lackaffe trat nervös von einem Fuß auf den anderen und tippte auf seine Uhr.
Ihre Mutter zögerte.
»Es gefällt mir nicht, dich alleine mit der Metro . . .!«

»Mama, ich bin vierzehn!«
»Genau das ist das Problem. Du weißt ja nicht, was Mädchen in deinem Alter in einer Großstadt wie Paris alles passieren kann.« Gina wollte sagen, dass das niemand besser wusste als sie selbst, schließlich war sie ja am Abend zuvor Zeugin eines Verbrechens gewesen, doch in diesem Moment sagte Philippe: »Valerie, wir müssen jetzt wirklich...«
Ginas Mutter nickte nervös. »Also gut, Gina. Nimm die Linie 6 in Richtung Nation und steig am Place Denfert-Rochereau aus.« Dann wandte sie sich diesem Schleimer Philippe zu, der sie sofort wieder in Beschlag nahm, ohne Gina auch nur anzusehen.
Sie verstand. Sie war überflüssig.
Seit ihre Mutter auf diesem Jugendtrip war, hatte Gina nicht nur einmal bemerkt, dass unbekannte Männer ihr zulächelten. Ihrer Mutter! Mann, die war vierzig und außerdem konnte sich Gina nur einen Mann an ihrer Seite vorstellen. Ihren Vater. Trotz der Scheidung. Eltern hatten wie siamesische Zwillinge zu sein. Untrennbar verbunden. Lebenslang.
Gina griff nach ihrer Tasche und ging Richtung Tür. Dort wandte sie sich noch einmal um: »Ich geh dann.«
»Ja, *Chérie*.«
Ihre Mutter konzentrierte sich wieder auf die Schneiderpuppe und lachte zu einer Bemerkung von Philippe laut auf, der ihr etwas ins Ohr flüsterte und es plötzlich gar nicht mehr eilig hatte.
Idiot!, dachte Gina.

☾

Zehn

Das Gedränge in der Metro war unerträglich. Wo kamen nur all die Leute her? Gina hatte immer geglaubt, im Sommer sei Paris leer. Auch ihre Familie war früher, wenn sie die Großeltern besuchten, ans Meer gefahren, wo Grand-père ein Landhaus besaß. Doch offenbar hatte sich das geändert. Gina fand keinen Sitzplatz. Sie stand unterhalb der nach Schweiß riechenden Achsel eines Mannes, der sich mit der einen Hand an der oberen Stange festhielt und mit der anderen die Zeitung *Le Figaro* las. Und die ganze Zeit fiel ihr Blick auf ein junges Pärchen, das sich nicht nur aneinander festhielt, sondern offenbar kurz davor stand, sich gegenseitig zu verschlingen.

Warum hatte Tom sich noch nicht gemeldet? Gina hatte ihm bereits gestern unzählige SMS geschickt, aber keine Antwort erhalten.

Hatte Marie doch recht?

Nein!

Er hatte ihr doch am letzten Schultag zugelächelt und versprochen, sich zu melden!

»Denfert-Rochereau!« Die mechanische Stimme einer Roboterfrau kündigte die Metrostation an. Hier musste sie aussteigen.

Auf dem Bahnsteig wurde sie von der Menschenmenge, die aus der Metro drängte, immer wieder zur Seite gestoßen und Richtung Ausgang geschoben. Endlich stand sie auf der Rolltreppe, die sich langsam nach oben bewegte. Ihr Blick hob sich. Ab und zu blieben ihre Augen an einem Gesicht hängen.

Je näher sie dem Tageslicht kam, desto aufgeregter wurde sie. Mann, wie hatte sie nur die Aufnahme auf dem Handy vergessen können. Das musste der Schock gewesen sein. Er hatte einen totalen Blackout hervorgerufen und ihre Festplatte dort oben im Kopf gelöscht.

Monsieur Ravel würde staunen und alle würden sich entschuldigen, einschließlich ihrer Mutter. Aber was das Wichtigste war, die Suche nach der Leiche des Mädchens konnte beginnen.
Das Ende der Treppe war fast erreicht.
Gina setzte einen Fuß auf die nächste Stufe.
Und dann auf der Rolltreppe, die nach unten führte . . . ihr Herz begann schneller zu schlagen.
Erst war es nur eine Ahnung, dann wurde es Gewissheit. Er kam auf sie zu. Sein Anblick jagte Gina kalte Schauer den Rücken hinab.
Wer hat Angst vorm schwarzen Mann?
Er trug denselben Anzug wie am Tag zuvor. Unter der Jacke war wieder das weiße Hemd zu sehen. Dieselbe Mütze auf dem Kopf blickte er starr nach vorne. In seiner Hand eine Kette mit Perlen, die unaufhörlich durch seine Finger liefen.
Niemand beachtete den Mann im schwarzen Anzug. Niemandem fiel er auf. Sie war die Einzige, die wusste, wer er war und was er getan hatte.
Wohnte der schwarze Mann in der Rue Daguerre? Hatte er das Mädchen am Fenster schon lange beobachtet? War er einer dieser Psychopathen, die Frauen auflauerten? Einer dieser Serienmörder? Er kam immer näher. Gina verbarg sich hinter einer verschleierten Frau, die zahlreiche Taschen mit Gemüse transportierte. Den schwarzen Mann ließ sie nicht aus den Augen.
Gleich würde er vorbei sein. Als sie auf derselben Höhe waren, machte die Frau vor ihr einen Schritt zur Seite und gab die Sicht auf Gina frei.
Sein leerer Blick traf sie. Nur kurz. Ein Augenaufschlag.
Gina erstarrte.
Hatte er sie erkannt?
Die einzige Zeugin!
Als sie oben angekommen war, drehte sie sich um. Die Metro

hatte den schwarzen Mann verschluckt, als hätte er nie existiert.
Willenlos ließ Gina sich von der Menge weiterschieben, froh, dass sie an der frischen Luft war. Sie blieb stehen. Hinter ihr stieß ein alter Mann mit einem Stock in ihren Rücken. »*Vas-y, vas-y*, Mädchen. Ich habe keine Zeit.«
Gina blieb kurz stehen und wurde erneut von der Menge mitgerissen. Wie betäubt ging sie weiter und bog, ohne es wahrzunehmen, in die Rue Daguerre. Gleich würde sie in der Wohnung sein. In Sicherheit.
Plötzlich wurde sie aus ihrer Erstarrung gerissen. Jemand packte sie am Arm und zog sie zur Seite. Unwillkürlich stieß Gina einen leisen Schrei aus und drehte sich um.
»*Comment ça va*, Gina?«
Vor ihr stand Noah. Er hatte seinen Rollstuhl, in dem ein dicker Araber in einem langen weißen Gewand saß und Zeitung las, direkt an der Straßenecke postiert. Geübt fuhr Noah mit der Bürste über die schwarz glänzenden Schuhe seines Kunden. Aus dem CD-Player erklang orientalische Musik.
Gina ignorierte Noah, doch der ließ nicht locker.
»Du bist blass wie die Morgensonne. Hast du ein Problem?«
Blöde Frage.
Klar hatte sie ein Problem.
Ein Megaproblem.
Doch das konnte sie nur lösen, wenn sie so schnell wie möglich aus Nikolajs Wohnung das Handy holte und anschließend damit zur Polizei ging. Sie hatte keine Zeit für Noah. Sie hatte keine Zeit für Smalltalk.
»*Laisse-moi tranquille!*«, zischte sie, wandte sich ab und wollte weitergehen.
Doch Noah gehörte zur Spezies der Menschen, die nicht so schnell aufgaben. »Warte, ich bin gleich fertig.«

Er fuhr rasch weiter mit der Bürste über die Schuhe des Arabers, der an den schwarzen Mann erinnerte. Unwillkürlich blickte Gina zurück zum Metroausgang. Aber außer einer Horde Jugendlicher mit Skateboards kam niemand die Treppe hoch.
»*Qu'est-ce qu'il y a?*«, wiederholte Noah. »Was ist los?« Er spürte, dass etwas nicht stimmte.
O. k., wie es aussieht, dachte Gina, ist dieser marokkanische Johnny Depp der einzige Mensch in ganz Paris, der sich dafür interessiert, wie es mir geht. Der das Mädchen nicht für eine göttliche Erscheinung, eine Halluzination oder eine Fata Morgana hält.
»Er ist hier irgendwo«, antwortete sie.
»Wer?«
Der Mörder, der Killer. Das Wort fiel ihr nicht auf Französisch ein. Natürlich. Die wirklich wichtigen Worte, die man zum Überleben brauchte, hatte Madame Poulet ihnen nicht beigebracht. Aber schließlich wusste jeder, dass man in der Schule nichts lernte, was man wirklich gebrauchen konnte. »Der Mann von gestern Abend!« Sie fuhr sich mit der Hand über die Kehle. »Du weißt schon. *Jeune Fille.* Das Mädchen. *L'homme,* der Mann, Wohnung, *appartement.*« Sie klang, als wäre dies ein Vokabeltest.
Noah sah sie verständnislos an. Die einen glaubten ihr nicht, die anderen verstanden sie nicht. Es war zum Verrücktwerden.
Der Mann im Rollstuhl sagte etwas in einem ärgerlichen Tonfall. Sein Französisch hörte sich an, als hätte er die Stimmbänder einer Krähe in seinem Rachen.
Noah wandte sich ihm zu, hob entschuldigend die Hände und beugte sich hinunter, um mit einem Tuch die Schuhe endgültig zum Glänzen zu bringen.
»*Salut*«, sagte Gina und wollte weitergehen, doch Noah rief erneut hinter ihr her: »Warte doch!«

Er nickte dem Mann zu, der sich nun mühsam aus dem Rollstuhl schob und ihm eine Münze zusteckte.
Dann wandte er sich wieder Gina zu. »*Tu as peur!* Du hast Angst, nicht wahr?« Diesmal lächelte er nicht, sondern schaute sie aus seinen dunklen Augen ernst an.
Dennoch schüttelte Gina energisch den Kopf: »Nein!«
Dabei hatte sie Angst.
Eine Scheißpanik.
Die Außentemperatur lag bei dreißig Grad im Schatten, aber ihr war kalt. Sie hatte eine Gänsehautattacke nach der anderen. Sie versuchte, die Angst abzuschütteln, indem sie immer schneller lief.
»Natürlich hast du Angst«, sagte Noah, der sich ihrem Tempo anpasste. Sein Blick kam nun wieder dem von Johnny Depp in *Fluch der Karibik* sehr nahe. Gott sei Dank ersparte ihr Monsieur Saïd, der mit einer Kiste Artischocken aus der Ladentür kam, eine Antwort.
Er verbeugte sich leicht vor Gina: »Mademoiselle Gina, einen wunderschönen Tag und viele Grüße an die Frau Mama.« Dann griff er nach einem Stapel leerer Kisten. Durch das Schaufenster beobachtete Gina ihn, wie er sie einem Jungen in Jeans und mit kurzen Haaren übergab, der sofort im hinteren Teil des Ladens verschwand.
»Ach was, lass mich einfach in Ruhe. Ich habe etwas zu erledigen.« Sie wandte sich ab und überquerte die Straße. Nein, sie hatte keine Zeit. Sie musste das Handy holen. Zu spät begriff sie, dass sie nicht auf den Verkehr geachtet hatte. Ein Lieferwagen kam quietschend zum Stehen. Der Fahrer begann laut zu hupen.
»Hey, ich glaube, du brauchst männlichen Schutz«, hörte sie Noah, der ihr über die Straße folgte. »Die Straßen von Paris sind gefährlicher als die Einsamkeit der Wüste.«

»Pascha«, erwiderte sie und dann: »Was willst du von mir?«
»Dir helfen.«
Was soll's. Wenn er ihr wie ein Köter folgen wollte ... ihr doch egal.

Um zu verhindern, dass sich die Hitze des Tages in der Wohnung ausbreitete, hatte Ginas Mutter am Morgen die Fensterläden geschlossen gelassen. Dadurch lagen die Räume nicht nur im Halbdunkel, sondern gleichzeitig hatte sich eine dumpfe Stille ausgebreitet. Nicht einmal eine Fliege war zu hören. Lediglich das Gurren der Tauben auf dem Balkon war zu erahnen. Ein durchdringender Geruch hing über dem Flur. Probierte ihre Mutter schon wieder ein neues Parfüm?

Gina verschwendete keine Zeit damit, die Schuhe auszuziehen, obwohl ihre Mutter ihr eingeschärft hatte: »Nie in Straßenschuhe über den Fußboden gehen. Das Parkett stammt noch aus dem neunzehnten Jahrhundert.«

Egal, Gina beachtete die laut knarrenden Dielen unter ihren Füßen nicht. Sie rannte, so schnell sie konnte, den Flur entlang und riss die Tür zum Salon auf.

Wo war das Handy? Sie hatte es hier zuletzt in der Hand gehalten.

Am Fenster?

Nein, dort lag es nicht.

Klar, es war hinuntergefallen. Sie hatte danach gesucht, es aber im Dunkeln nicht gefunden.

Gina ging in die Knie und begann, den Boden abzutasten. Noah stand daneben und beobachtete sie, wie sie unter die Kommode kroch. Vor lauter Staub musste sie niesen.

Wo war das verdammte Ding?

»Was ist los?«, hörte sie Noah, doch sie antwortete nicht, denn sie hatte eine Idee. Einfach, aber genial. Genau, das war die Lösung. Sie rannte in den Flur zum Telefon und wählte die Nummer ihres Mobiltelefons.

Lauschte.

Nichts.

Das Schweigen war unendlich still.

Und dann kam ihr die Erkenntnis.

Shit.

Der Akku hatte endgültig den Geist aufgegeben.

Also zurück ins Wohnzimmer. Das Ladegerät hatte in der Steckdose gesteckt. Da war sie sich sicher. Aber auch das war verschwunden. Hatte ihre Mutter aufgeräumt? Nikolajs Wohnung war schließlich ein Heiligtum für sie. Vielleicht hatte sie unter der Aura von Ludwig XVI einen Ordnungsfimmel bekommen.

»Was suchst du?«, wiederholte Noah.

Sie antwortete nicht.

Vielleicht in der Küche?

Nein!

Das Handy konnte sich doch nicht in Luft aufgelöst haben! Auch im Schlafzimmer war kein Handy zu finden. Es war weg. Einfach verschwunden.

»Wonach suchst du?«, hörte sie erneut Noah.

»Mein Handy. Es ist weg.«

»Irgendwo wird es schon sein. Wozu brauchst du es überhaupt?«

»Wozu? Mann, ich habe gestern Abend gefilmt. Ich kann beweisen, dass dieser Mann existiert, dass er das Mädchen umgebracht hat.« Sie stockte. »Und er hat mich gesehen! Verstehst du? Er hat gesehen, dass ich gefilmt habe. Gestern Abend. Deswegen ist es so wichtig, dass ich das Handy finde, dass ich die Aufnahme der Polizei zeige. Was soll ich jetzt machen? Keiner

glaubt mir.« Oh Scheiße, Gina spürte, wie ihre Stimme sich höherschraubte. Gleich würde sie sich überschlagen und dann endgültig den Geist aufgeben.
»Ich glaube dir«, hörte sie Noah von Weitem ruhig sagen.
»Und was soll mir das nützen?«
Noah sagte nichts.
»Von welchem Planeten bist du eigentlich? Hast du nicht kapiert? Ich bin die einzige Zeugin. Der Mörder hat mich gesehen, ich werde die Nächste sein und die Polizei glaubt mir nicht.«
»Warum sprichst du so gut Französisch?«
»Was?«
»Warum du auf einmal Französisch sprichst?«
Ja, Noah hatte recht. Verwundert stellte Gina fest, dass es ihr nicht mehr schwerfiel, die richtigen Worte zu finden.
»Ich bin in Paris geboren.«
»Warum hast du dann gestern so getan, als ob du kein Wort kannst?«
»Ich habe nicht so getan.«
»Was? Ist ein Wunder geschehen?«
»Nein. Nur . . .« Gina stockte. »Ich wollte nie mehr Französisch reden.«
»Warum?«
»Das ist eine lange Geschichte.«
»Ich habe Zeit.«
»Aber ich nicht. Ich brauche das Handy.« Gina deutete auf das Fensterbrett. »Ich saß dort und habe das Mädchen gegenüber beobachtet. Ich habe sie gefilmt. Dann habe ich ihr gewunken, aber sie hat nicht reagiert. Sie hat aus dem Fenster gesehen, als ob sie auf jemanden wartet.«
»Auf den Mann?«
Gina runzelte die Stirn. »Das glaube ich nicht.«
»Warum nicht?«

»Sie wirkte, als ob sie auf jemanden wartete, aber . . . nein . . . nicht, als ob sie Angst hatte.«

Noah trat ans Fenster. Er warf nur einen kurzen Blick nach unten und trat dann plötzlich einen Schritt zur Seite.

»*Merde!*«, flüsterte er und dann fluchte er noch auf Arabisch, was wirklich bedrohlich klang.

»Was ist los?«

Er winkte ihr zu.

Gina stellte sich vor ihn. Zunächst sah sie nur den schon vertrauten Betrieb auf der Straße. Ein blauer Transporter fuhr vorbei. Erst als er aus ihrem Blickfeld verschwunden war, wusste sie, was Noah meinte. Schräg gegenüber auf der anderen Straßenseite stand der schwarze Mann und starrte hoch zu Nikolajs Wohnung.

Sie konnte sein Gesicht sehen.

Den undurchdringlichen Blick. Die versteinerte Miene.

Ginas Atem flatterte. Ihr Herz schmerzte bei jedem Schlag. Es war nicht vorbei. Nein, es ging erst richtig los. Unwillkürlich trat sie einen Schritt zurück. Dennoch konnte sie sehen, wie er die Hand hob.

Sie erstarrte zu Eis. Gefror in der Hitze des Sommertages.

Er hielt ein Handy in der Hand und . . . oh Gott, er filmte.

Ein Lächeln ging über sein Gesicht.

Nein, kein Lächeln. Es war die Grimasse eines Lächelns.

Als wollte er ihr sagen: Ich weiß, was du weißt.

☾

Elf

Oh Gott.« Es war nur ein Flüstern, das ihre Stimme zustande brachte. »Er hat es. Er hat es.«
»Was?« Noah drängte sich an ihr vorbei, um einen Blick nach draußen zu werfen.
»Mein Handy! Er hat es!«
Für eine Sekunde fühlte Gina sich erleichtert. Sie hatte sich das Ganze nicht eingebildet.
»Allah«, hörte sie Noah neben sich.
Erst dann wurde ihr bewusst, was das bedeutete. Die Härchen im Nacken stellten sich auf. Die Angst war wie feine Eissplitter, die sich in die Haut bohrten.
»Er weiß, wo ich wohne. Er weiß, dass ich alles gesehen habe.« Ginas Stimme klang in ihren eigenen Ohren schrill und hysterisch, aber sie konnte nicht aufhören zu kreischen. »Er war hier in der Wohnung. Er kann jederzeit wiederkommen.«
»Weg vom Fenster!«
»Lass mich!« Gina konnte den Blick nicht von dem Mann lösen, der noch immer ihr Handy in der Hand hielt. Er wartete auf sie.
»Komm! Wenn er wirklich so gefährlich ist, wie du sagst, solltest du ihm nicht als Zielscheibe dienen.« Noah zog sie zur Seite.
»Was soll ich jetzt machen? Was soll ich machen?«, wiederholte sie.
Noah gab keine Antwort.
»Ich muss meine Mutter anrufen.«
Ja, jetzt musste sie ihr glauben.
Gina rannte zurück in den Flur. Die Nummer des Theaters steckte am Spiegel. Ihre Finger zitterten, als sie die Nummer wählte, und als sie endlich die Sekretärin im Theater erreichte, hörte sie diese sagen: *»Madame Kron n'est pas ici!«*

»Aber wo ist sie? Hier ist ihre Tochter. Ich muss sie dringend sprechen.«
»Sie ist mit Monsieur Piot zum Essen gegangen.«
»Können Sie mir sagen wohin?«
»Ich habe keine Ahnung.«
Gina ließ den Hörer fallen. Ihre Mutter war zum Essen gegangen? Mit dem Regisseur? Diesem schleimigen, widerlichen Angeber? Hatte sie nicht gejammert, wie viel Arbeit sie hatte? Und nun? War ER noch da? Der schwarze Mann? Starrte er nach oben?
Gina kehrte zum Fenster zurück.
Ja. Da lehnte er an der Hauswand. Einzig die Tatsache, dass seine linke Hand ständig mit den Perlen einer Kette spielte, verriet seine Anspannung.
Was wollte er?
Was wohl? Er wartete auf sie. Er suchte nach ihr. Nichts anderes konnte es bedeuten, warum er Nikolajs Wohnung nicht aus den Augen ließ. Ihr Herz schlug bis zum Hals.
Sie wollte einfach nur weg. Weg. Zurück nach Hause. Nach Frankfurt. Sie sollte ihren Vater anrufen. Und natürlich Tom.
Sie hörte Noah etwas sagen.
»Was?«
»Ein Freund im Haus ist besser als tausend in der Wüste.«
Gina runzelte die Stirn. »Was soll das?«
»Das sagt mein Großvater immer.«
»Aha. Und weiter?«
»Wie es aussieht, bin nur ich da, um dir zu helfen.«
»Wie willst du mir schon helfen?«
»Ich habe eine Idee.«
Eine Idee. Na super!
»Ich werde ihn ansprechen, o. k.? Ihn ablenken. Während du das Haus verlässt. Dann kann er hier lange stehen.«

»Wie willst du ihn denn ablenken?«

»Lass mich nur machen. Darin bin ich Profi. Wir treffen uns im Laden von Monsieur Saïd.«

Was für eine Wahl hatte sie? Alles war besser, als hier zu sitzen und zu warten wie die Maus in ihrem Loch.

»Einverstanden«, sagte Gina.

»*Bon!* Aber verlass das Haus erst, wenn ich angefangen habe, mit ihm zu reden.«

»O. k.« Gina nickte und fügte schließlich hinzu »Aber er ist gefährlich. *Dangereux.* Verstehst du? Er ist der schwarze Mann.«

Noah lachte kurz auf. »Da, wo ich lebe, ist jeder Schritt gefährlich.«

Dann verließ er den Raum und einen Moment darauf hörte sie, wie er die Wohnungstür hinter sich zuzog.

Gina warf erneut einen Blick durch das Fenster.

Nichts hatte sich verändert. Der Mann stand noch immer unten. Und wieder und wieder ließ er eine Perle nach der anderen durch seine linke Hand gleiten, während die rechte ihr Handy in die Luft hob wie eine Warnung.

Die Tür von Nikolajs Wohnung fiel laut krachend ins Schloss und Gina schlich die Treppe Stufe für Stufe hinunter, als ob ihr Verfolger dicht hinter ihr sei.

Über dem Haus lag eine beklemmende Stille, die ihr den Atem nahm. Es war die Stille der Einsamkeit, wenn die Welt um einen wie Glas erscheint und man nichts zu berühren wagt, aus Angst, es könnte zerbrechen.

Langsam schlich Gina zum Eingang, um durch die schmale Scheibe der Tür zu beobachten, wie Noah lockeren Schrittes zu seinem Stand zurückkehrte, die Bremsen des Rollstuhls löste

und mit diesem die Straße überquerte, um ihn anschließend in Richtung des Mannes zu schieben.
Wie schaffte er es nur, so ruhig zu wirken? Als ob er lediglich auf der Suche nach einem Kunden sei? Keinerlei Aufregung war ihm anzusehen, während Gina das reinste Nervenbündel war.
Wie konnte sie das Haus unbemerkt verlassen?
Noah war bei dem schwarzen Mann angekommen. Würde dieser durchschauen, dass er versuchte, ihn abzulenken? Noah streckte ihm die Hand zur Begrüßung entgegen. Mann, der war vielleicht unverfroren. Was, wenn der andere ihn zusammen mit Gina ins Haus hatte gehen sehen? Alles war schließlich möglich.
Doch der Mann schien Noah gar nicht richtig wahrzunehmen. Er schüttelte lediglich genervt den Kopf, doch Noah ließ nicht locker. Er redete und redete. Seine Arme wedelten in der Luft und der Mann wurde immer ungeduldiger.
Was sollte sie machen? Noah konnte nicht sehen, ob sie das Haus bereits verlassen hatte. Er konnte nicht ewig so weiterquatschen. Der schwarze Mann war gefährlich.
Gina beobachtete die Straße. Sie musste irgendwie aus dem Haus kommen.
Merde, jetzt schob der schwarze Mann Noah zur Seite und versuchte einen Blick auf die Tür zu werfen.
Gleich war alles vorbei.
Ihre Hand lag auf dem Türdrücker ... Sie würde hier nicht rauskommen. Es war zu riskant. Ihr Herz klopfte laut. Sie sah, wie Noah ein Tuch herauszog, in die Knie ging und begann, die Schuhe des Mannes zu bearbeiten. Der schwarze Mann war abgelenkt. Er versuchte, Noah abzuschütteln, doch dieser ließ sich nicht aus der Ruhe bringen.
In diesem Moment bog ein Möbeltransporter um die Ecke und wurde langsamer. Gina konnte ihr Glück kaum fassen. Und tat-

sächlich ... der Transporter hielt an. Er stand direkt in ihrem Blickfeld und versperrte die Sicht auf die gegenüberliegende Straßenseite. Sie konnte weder Noah noch den schwarzen Mann sehen.

Jetzt.

Das war ihre Chance.

Nur wenige Sekunden und der Laster würde vorbei sein.

Ihre Gedanken überschlugen sich ... Es war eine Art Reflex, als sie die Tür öffnete, heraussprang und nach links rannte, rannte, rannte, um hinter dem Möbeltransporter die Straße zu überqueren. Geduckt lief sie zwischen den Autos auf die andere Straßenseite.

Sie hatte es geschafft. Der Laden lag vor ihr. Sie stieß die Tür auf und prallte gegen Monsieur Saïd.

»Mademoiselle Gina, kann ich Ihnen helfen?«

Wie wollte dieser alte Lebensmittelhändler mit dem Riesenschnurrbart, der vor ihr in seiner weißen Schürze stand, ihr helfen?

»*Non merci*«, stotterte sie und beobachtete durch das Schaufenster, wie Noah sich langsam dem Laden näherte. Betont lässig zog er den Rollstuhl über den Bürgersteig hinter sich her und ließ ihn vor dem Laden stehen.

Die Ladentür klingelte laut, als er eintrat.

»*Salut*«, winkte er dem Lebensmittelhändler zu, bevor er Gina angrinste. »Das war knapp. Fast wäre er auf mich los. Ich bin ihm ganz schön auf die Nerven gegangen.«

»Du gehst jedem auf die Nerven«, hört Gina den Lebensmittelhändler lachen, während er nach draußen ging, um einen Kunden zu bedienen.

»Sonst würde ich verhungern«, rief Noah ihm nach, nahm einen Pfirsich aus dem Korb und warf ihn ihr zu. »Willst du?«

»Du kannst doch nicht einfach ... .«

»Ach, Monsieur Saïd macht das nichts aus.«
Erst jetzt wurde Gina bewusst, dass sie seit dem Frühstück nichts gegessen hatte.
»Lass uns nach hinten gehen«, sagte Noah. »Hier kann man uns von der Straße aus sehen.«
Sie gingen in das Lager, bei dem es sich um einen überdachten Durchgang zum Hinterhof handelte. Eine schmale Holztreppe führte hoch zu einer Art Dachboden. Kistenstapel versperrten den Weg.
»Du fühlst dich hier offenbar wie zu Hause.«
»Ich bin hier auch wie zu Hause. Monsieur Saïd lässt mich im Lager schlafen, wenn es spät wird und ich nicht mehr nach Hause komme. Abends, wenn sie ausgehen, haben die Leute Zeit, sich die Schuhe putzen zu lassen.«
»Aha«, sagte Gina und biss in ihren Pfirsich.
Nach einigen Minuten des Schweigens fragte Noah: »Und was machen wir nun?«
»In die Wohnung gehe ich nicht zurück«, erklärte Gina. »Nicht, bis meine Mutter kommt.«
»Wir können natürlich auch den ganzen Tag hier sitzen ...«
»Du musst ja nicht bleiben, wenn du nicht willst«, murmelte Gina, obwohl sie panische Angst hatte, er könnte sie allein lassen.
»Ich habe dich nicht gebeten, mir zu helfen.«
»Es gibt ein arabisches Sprichwort«, fuhr Noah fort.
»Noch eines?«
Zusammen schwiegen sie eine Weile.
»Also sag schon, was für ein Sprichwort?«, fragte Gina schließlich.
»Setz dich an das Ufer des Wadi und du wirst die Leiche deines Feindes vorüberschwimmen sehen.«
»Was soll das heißen?«
»Wir müssen abwarten. Irgendwann gibt der Typ auf.«
»Und wenn nicht?«

Noah zuckte mit den Schultern.
»Und er kommt sicher wieder«, fuhr Gina fort. »Er weiß schließlich, dass ich ihn gesehen habe. Ich bin die einzige Zeugin.«
Im hinteren Teil des Lagers knackte es. Gina schreckte zusammen. »Was war das?«
»Mäuse. Ratten. Keine Ahnung.«
Gina sah sich mit angewidertem Gesichtsausdruck um.
»War nur ein Scherz«, grinste Noah. »Wenn Monsieur Saïd hier auch nur eine Fliege erwischt, kommt er schon mit seinem Luftgewehr, das er unter der Ladentheke aufbewahrt.«
»Ich gehe zur Polizei . . .«, sagte Gina entschieden. »Ich erzähle Monsieur Ravel, dass mein Handy gestohlen wurde. Ich meine, es ist ziemlich teuer. Wenigstens den Diebstahl muss er mir doch glauben. Und wenn er das Handy sucht, findet er auch den schwarzen Mann.«
Noah verschränkte die Arme und schwieg.
»Meinst du nicht?«
»Er glaubt dir den Mord nicht. Wenn du heute kommst und etwas von einem Handy faselst, denkt er, du willst dich nur wichtig machen.«
»Aber du hast den Mann doch auch gesehen.« Gina sah Noah an, der die Augen abwandte. Was war jetzt los?
»Ich habe nur einen Mann vor einem Haus gesehen.« Er machte eine kurze Pause. »Außerdem existiert er nicht.«
»Was soll das heißen? Er existiert nicht. Spinnst du?«
Noah schüttelte langsam den Kopf. »Genau das ist das Problem. Er existiert nicht und das Mädchen vielleicht auch nicht.«
»Du sprichst gerne in Rätseln, oder?«
»Das ganze Leben ist ein Rätsel.«
»Dann erkläre es mir.«
»Das ganze Leben?«
Gina seufzte. O. k., er hatte ihr geholfen, aus der Wohnung zu

kommen, aber dennoch ging Noah ihr auf die Nerven. Er tat so verdammt überlegen, als sei er schlauer als die Polizei ...
»Red keinen Schwachsinn!«
»Das ist kein Schwachsinn. Das verstehst du nur nicht. Der Mann gehört zu den *Sans-Papiers*.«
»*Sans-Papiers?*«
»*Oui.*«
»Was meinst du damit?«
»Er ist papierlos. Papierlos, verstehst du?« Noah blickte Gina jetzt direkt in die Augen. »Er besitzt keinen Pass. Niemand weiß, dass er in Paris ist. Er ist illegal. Er darf hier gar nicht sein. Jedes Jahr kommen Tausende von Menschen aus Afrika nach Frankreich. Sie fahren mit Fischerbooten von Gibraltar nach Spanien und kommen nach Paris. Wer das überlebt, hat gelernt, sich unsichtbar zu machen.«
»Unsichtbar?«
»Unsichtbar. Du wirst sehen, sobald die Polizei kommt, ist der Mann verschwunden.«
»Wie das Mädchen?«
»Wie das Mädchen.«
»Niemand kann einfach so verschwinden.«
»Doch. In die Welt der Schatten.«
Noahs Blick verdunkelte sich. Er schien plötzlich mit seinen Gedanken woanders zu sein.
»Weißt du, wie man Gibraltar auch nennt?«
Gina schüttelte den Kopf.
»Die Meerenge der letzten Hoffnung. Sie ist die Grenze zwischen der Hölle und einer angeblich besseren Welt. Wer versucht, diese Grenze zu überschreiten, weiß, was ihn erwartet. Es ist ein Spiel. Ein Spiel auf Leben und Tod.«
Genau verstand Gina nicht, wovon Noah sprach. Es war mehr ein Gefühl als ihr Verstand, der sie zum Sprechen brachte.
»Musst du deshalb Schuhe putzen?«

»Mein Vater ist gestorben und ich muss meiner Familie helfen. Aber ich gehe noch zur Schule. So einer wie ich findet im Zentrum von Paris keine andere Arbeit. Uns will niemand haben.«
»Was meinst du damit: Einer wie du?«
»Einer aus den Vorstädten, den Banlieues.«
Gina konnte nicht weiterfragen, denn in diesem Moment betrat Monsieur Saïd den Raum. »Du kannst deinen Rollstuhl nicht vor dem Laden stehen lassen, Noah. Dauernd stolpert jemand darüber und die Kunden kommen nicht an das Gemüse.« Ein ungeduldiger Ton lag in seiner Stimme, als er sich abrupt umdrehte und das Lager verließ.
»Und nun? Wo soll ich jetzt hin?« Gina sprang erschrocken auf.
»Wir gehen durch den Hinterhof. Auf der anderen Seite ist ein Ausgang, der auf die Parallelstraße führt.«
Noah ging voraus und Gina folgte ihm.
»Wenn du willst«, sagte er, als sie in der kleinen Seitenstraße angekommen waren, »kannst du mit mir kommen.«
»Wohin?«
»Zu mir nach Hause. In die Banlieue«, er grinste, »wo die Papierlosen sich am Abend verkriechen. Da bist du sicher. Keiner wird dich dort vermuten.«
Gina nickte. Sie würde mitkommen. Sie hatte keine andere Wahl. Wohin sollte sie sonst gehen? Zu ihrer Mutter? Die vergnügte sich mit Philippe und kümmerte sich nicht darum, dass ihre Tochter von einem Mörder gejagt wurde. Außerdem war Gina immer noch wütend auf sie. Sollte sie sich ruhig Sorgen machen, wenn sie sie nicht in Nikolajs Wohnung antraf.
Aber sie war auch neugierig.
Wie sahen sie wohl aus, die Höhlen der Papierlosen? Egal, Hauptsache man konnte sich in ihnen verkriechen.

☾

Zwölf

Mann, die Fahrt in den Vorort Clichy-sous-Bois war ein Weg in die Ewigkeit. Von der Metro aus waren sie am Gare du Nord erst in die Bahn, anschließend in den Bus gestiegen, und je weiter sie nun das Zentrum von Paris hinter sich ließen, desto stärker überfiel Gina das Gefühl, in die Fremde zu reisen, ins Unbekannte, nur dass ihr nicht der Sinn nach Abenteuer stand. Im Gegenteil: Sie war auf der Flucht. Immer dunkelhäutiger wurden die Menschen, immer bunter gekleidet waren sie, immer weniger Französisch wurde gesprochen. Dazu war es im Bus unerträglich heiß. Die Sonne prallte auf die Scheiben und keine Klimaanlage sorgte für frische Luft.

Direkt in der Sitzreihe vor ihnen saßen zwei dicke Frauen mit gelben Turbanen, die wie Riesenkürbisse aussahen. Im Takt des Busses wankten sie hin und her. Eine von den beiden hielt ein Mädchen auf dem Schoß, von dessen Kopf zahlreiche schwarze Zöpfe abstanden. Es lehnte sich über den Sitz und starrte Gina mitten ins Gesicht, wobei es gierig in ein Croissant biss. Erst jetzt wurde Gina bewusst, dass sie Hunger hatte. Bis auf den Pfirsich bei Monsieur Saïd hatte sie nichts gegessen.

»Der war richtig sauer, dass wir da herumsaßen«, sagte sie zu Noah, der nachdenklich aus dem Fenster schaute.

»Wer?«

»Der Gemüsehändler, Monsieur Saïd.«

»Ach was, der hat nie schlechte Laune. Er ist der netteste, hilfsbereiteste Mensch, den ich kenne.«

»Das behauptet meine Mutter auch. Er sei die Seele der Rue Daguerre. Aber trotzdem . . . irgendwie war er komisch.«

»Monsieur Saïd hat erzählt, dass deine Mutter vor Jahren mit diesem Tänzer zusammengewohnt hat, diesem Nikolaj. Jeder sagt, er sei schwul.« Er grinste.

»So langsam glaube ich, dein Gemüsehändler ist auch die Zeitung der Straße.«

»Stimmt!«

Sie schwiegen erneut. Vor dem Fenster des Busses zog eine öde, verbaute Landschaft vorbei, die vor allem aus vertrockneten Parks, staubigen Straßen und Baustellen bestand. Die Sonne brannte durch die Scheibe so hell, dass die Luft vor Ginas Augen im grellen Licht flimmerten. Ihr Magen knurrte laut. Es war ihr peinlich, deshalb sagte sie: »Mann, habe ich Hunger.«

»Keine Sorge, bei meiner Mutter wirst du garantiert satt.« Noah stemmte einen Fuß gegen den Vordersitz, über den sich jetzt das Kind mit den Zöpfen so tief zu Gina beugte, dass diese fürchtete, es würde auf ihre Seite fallen. Dabei plapperte es etwas auf Arabisch und deutete auf Gina.

»Was sagt sie?«, wollte Gina wissen.

»Sie möchte deine Haare anfassen.«

»Meine Haare? Warum?«

»Sie denkt, sie sind aus Gold.« Er grinste.

Ihre Haare? Diese Strohbündel? Unwillkürlich griff Gina an ihren Kopf, als hätte sie Angst, dass ihre Haare tatsächlich zu Gold geworden waren. Nein, alles normal. Sie fühlten sich noch immer wie trockenes Stroh an. Andererseits war alles so fremd und seltsam, dass Gina sich über nichts mehr wunderte, auch nicht, wenn gleich am Himmel fliegende Teppiche erscheinen würden.

»Meinetwegen«, murmelte sie und beugte sich nach vorne. Das Mädchen griff fest zu und zog an einer Strähne. Dabei lachte es laut glucksend.

»Au!«, schrie Gina und musste dennoch grinsen, als sie sah, dass das Kind genau einen Zahn besaß, der vorne aus dem Mund ragte.

Auch Noah lachte laut und dann fiel der ganze Bus ein. Ein Mann in einem bunten Kaftan rief Noah etwas zu und er antwortete.

»Was hat er gesagt?«, fragte sie.

Doch Noah grinste lediglich und zuckte mit den Schultern. Gina runzelte die Stirn. Sie kannte diesen Noah doch gar nicht und trotzdem fuhr sie hier mit ihm durch diese Gegend. War sie verrückt geworden?

»Wie lange dauert es noch?«, wandte sie sich an Noah und löste gleichzeitig die Hände des Mädchens aus ihren Haaren, das daraufhin erschrocken zu weinen anfing.

Noah warf ihr einen erstaunten Blick zu, dann schien er jedoch zu ahnen, was in ihr vorging. »Hast du Angst?«

»Quatsch!« Dennoch wandte sie sich ab und tat so, als ob sie aus dem Fenster starrte. Am Horizont erkannte sie Hochhäuser, die sich aneinanderreihten. Sie hatten etwas Verschlossenes an sich, etwas Bedrohliches. Wie eine undurchdringliche Mauer, die niemanden mehr hinausließ, wenn er einmal die Schwelle übertreten hatte. Jedenfalls, Afrika hatte sie sich immer anders vorgestellt.

Noah streckte die Hand aus. »Gleich sind wir da.«

»Wohnst du etwa in einem dieser Häuser?« Gina legte absichtlich einen verächtlichen Ton in ihre Stimme, um ihre Angst zu überspielen. Doch Noah schien dies nicht zu stören. Er zeigte auf den Horizont. »Moment . . . ja, dort muss es sein. Fünfte Reihe, das dritte von links, zehnter Stock, zweites Fenster von rechts . . . das ist mein Zimmer.«

Gina versuchte herauszufinden, welches er meinte, als sie erneut ein Grinsen in seinem Gesicht sah. Er verspottete sie. Offenbar war er einer dieser Dauergrinser, denen nichts heilig war. Dennoch konnte sie nicht verhindern, dass sie ebenfalls lächelte.

Der Bus bog nun nach links in die erste der unendlich vielen Siedlungen ab, die aussahen, als seien sie einfach durch den Kopierer gejagt worden.

Vielleicht waren die Hochhäuser früher einmal weiß gewesen, doch nun waren die Fassaden schwarz von den Abgasen, dem Taubendreck und der Zeit, in denen nichts an ihnen gemacht worden war. Staubig und öde lagen die Straßen in der Nachmittagssonne. Wie in der Wüste. Afrika eben. Nein, Gina hätte sich nicht gewundert, wenn am Horizont eine Karawane Kamele aufgetaucht wäre. Die Kinder, die auf der Straße herumsprangen, sahen alle aus, als stammten sie in direkter Linie von dem schwarzen Mann ab.

Es war nicht richtig, dass sie hier war. Sie hätte zum Theater fahren sollen, zu ihrer Mutter. Aber die war ja gar nicht da gewesen, um ihr zu helfen. Sie glaubte ihr nicht. Und irgendjemand hatte die Leiche des Mädchens verschwinden lassen. Wahrscheinlich der schwarze Mann. Und nun war er hinter ihr her.

Ginas Herz begann zu klopfen. Worauf hatte sie sich eingelassen? War sie von allen guten Geistern verlassen? Unwillkürlich klammerte sie sich an den Sitz. Mein Gott, sie hatte nicht mehr als fünf Euro in der Tasche. Und das Handy war weg. Ganz davon abgesehen, dass sie keine Ahnung hatte, wie sie das mit dem Telefon ihrer Mutter erklären sollte. Wenn Noah sie verließ, wie sollte sie dann in die Rue Daguerre zurückfinden?

Der Bus schaukelte die Straße entlang.

»Was hast du eigentlich zu mir gesagt?«, fragte Gina.

»Wann?«

»Am ersten Abend, als weder dieser Kommissar noch meine

Mutter mir die Geschichte glaubten, da hast du mir etwas zugerufen.«

Noah schwieg eine Weile und sagte dann etwas auf Arabisch.

»Und was heißt das auf Französisch?«

»Ein Löwe leiht dem anderen nicht die Zähne.«

»Aha. Und was wolltest du mir damit sagen?«

»Dass jeder seine Kämpfe alleine führen muss. Dabei kann einem keiner helfen. Nicht einmal die eigenen Eltern.«

Eine Weile schwiegen sie beide, bis Gina meinte: »Aber du hilfst mir doch. Warum?«

Noah zögerte einen Moment. »Ich kann Gewalt und Unrecht nicht ausstehen. Ich sehe das jeden Tag. Ich möchte, dass es aufhört. Einfach aufhört. Verstehst du? Außerdem...« Er brach ab.

»Was?«

»Ich habe den Mann auch gesehen.«

»Was?«

»Ich habe mit ihm gesprochen. Vorher.«

Gina erinnerte sich plötzlich. »Ja, ich habe dich gesehen. Was habt ihr miteinander geredet?«

»Ich habe ihn gefragt, ob ich seine Schuhe putzen soll.«

»Und?«

»Er ist einfach weitergegangen. Da habe ich es gesehen.«

»Was?«

»Das, was du Messer nennst.«

»Wie meinst du das? War es kein Messer?«

»Nein. Es war ein Dolch, wie ihn die Nomaden in der Wüste benutzen. Er steckte im Gürtel unter seiner Jacke. Ich habe ihn gesehen.«

Ginas Herz begann zu klopfen. »Warum?«, rief sie wütend. »Warum hast du das der Polizei nicht gesagt?«

Zahlreiche Köpfe drehten sich zu ihr um.

Noah legte den Finger auf den Mund und flüsterte: »Das konnte ich nicht...«
»Warum nicht?« Gina versuchte, normal zu sprechen. »Du hättest mir helfen können.«
Er schüttelte den Kopf und so viel begriff Gina: Er sah unendlich traurig aus.
Und plötzlich verstand sie. »Du willst keine Schwierigkeiten. Du bist auch über Gibraltar nach Frankreich gekommen, stimmt's?«
»Ja.«
»Und...«, sie stockte einen Moment, »gehörst du auch zu den Papierlosen?«
»Wir müssen aussteigen«, sagte Noah und stand auf. Gina blieb nichts anderes übrig, als ihm zu folgen. Fast wäre sie aus dem Bus gefallen, hätte Noah sie nicht aufgefangen.

☾

Dreizehn

Noah sprach eine Zeit lang kein Wort. War sie denn von allen guten Geistern verlassen, einfach mit Noah mitzugehen? Hierher? Diese Papierlosen, das waren doch Gesetzlose, oder? Sie hatten keinen Pass. Sie durften nicht hier sein. Doch ihr blieb nichts anderes übrig, als ihm in dieses Hochhaus zu folgen, das nichts mit denen in Frankfurt zu tun hatte. Es war ein Kasten mit Zellen, in denen Menschen hausten.
Der Aufzug quietschte, als er im sechzehnten Stock hielt. Noah stieg aus, wandte sich nach links und blieb schließlich vor einer Wohnungstür stehen. Er zog seine Schuhe aus. Gina rührte sich nicht.
»Zieh sie aus«, sagte er.

»Was?«

»Zieh die Chucks aus.«

»Nein!« Gina hatte nicht die Absicht, die Wohnung von Fremden auf Strümpfen zu betreten.

»Glaub mir, wenn du keinen Ärger mit meiner Mutter willst, ziehst du sie besser aus.« Er lächelte ihr beruhigend zu und wurde wieder zu Johnny Depp. Gina löste die Schnürsenkel der Chucks und war gerade fertig, als Noah klingelte und sie Schritte hinter der Tür hörte.

Nach dem wenigen, das Gina bisher über seine Mutter gehört hatte, hatte sie sich diese riesengroß vorgestellt und so füllig wie diese unglaublich dicke Concierge mit ihrem Hund. Sie war daher überrascht, als eine zierliche junge Frau die Wohnungstür öffnete. Sie trug einen roten Rock bis zu den Füßen und darüber einen langen schwarzen Pulli. Dunkle Locken umrahmten ein freundliches Gesicht und silberne Ohrringen hingen bis auf die Schultern. Noahs Mutter war jünger als ihre. Und – sie wäre die ideale Besetzung der Konstanze für die Oper.

»*Salam, maman.*« Noah gab seiner Mutter einen Kuss. Dann sagte er etwas auf Arabisch und deutete auf Gina.

Die Frau reichte ihr lächelnd die Hand und verneigte sich leicht.

»*Salamu-Alaicum.*«

Gina nickte stumm.

»Du musst antworten«, sagte Noah. »Sprich einfach nach: *Oua-Alaicum-A-Salam.*«

Gina versuchte es und offenbar war es gar nicht so schlecht, denn das Gesicht von Noahs Mutter überzog ein strahlendes Lächeln. Sie machte eine weitere Geste zur Begrüßung, indem sie sanft mit der rechten Hand ihr Herz berührte.

Davon könnte sich Madame Poulet eine Scheibe abschneiden. Die war nie zufrieden, wenn Gina etwas sagte. Und Französisch war im Gegensatz zu Arabisch ein Kinderspiel.

Nun sprach Noahs Mutter auf Gina ein, fasste sie am Arm und zog sie mit sich.
»So gut ist mein Arabisch nun auch wieder nicht.« Sie warf Noah einen verzweifelten Blick zu.
»Ich soll dir Hausschuhe von meiner Schwester Hakima bringen!« Er ging den schmalen Flur entlang, der voller Schränke stand, und zog Filzpantoffeln aus einem von ihnen, dann wandte er sich nach rechts und sie folgte ihm in eine winzige Küche, über der ein exotischer Duft nach Gewürzen schwebte. Gina lief das Wasser im Mund zusammen. O. k., vielleicht war sie hier in der Höhle des Löwen . . . aber eines wusste sie: Das Essen, das auf dem Herd vor sich hin kochte, roch überirdisch gut. Wenn Gina da an ihre Küche in Frankfurt dachte, die mehr aussah wie ein Operationssaal und in der ihre Mutter mit Ach und Krach eine Fertigpizza aufwärmen konnte, dann war ihr spätestens jetzt klar: Das hier war eine andere Welt. Es war der Orient.
»*Salamu-Alaicum*«, hörte sie jemanden heiser sagen. Erst jetzt bemerkte sie den alten dünnen Mann, der vor einem schmalen Holztisch saß und große Stücke Kandiszucker auf einem Teller zerstieß. Wie Noahs Mutter legte er seine rechte Hand zur Begrüßung aufs Herz und unwillkürlich ahmte Gina die Bewegung nach. Was musste sie sagen? Ihr Kopf arbeitete mit Hochdruck. »*Oua-Alaicum-A-Salam*«, fiel ihr wieder ein.
»Mein Großvater«, erklärte Noah.
»Der mit den Sprichwörtern?«
»Genau!«
Der alte Mann nickte wohlwollend und grinste, wobei eine lückenhafte Reihe von Vorderzähnen erschien.
Eine Tür, vor der ein Perlenvorhang hing, führte auf einen kleinen Balkon. Er klirrte leise, als im Rahmen nun ein Mädchen erschien, das zwei oder drei Jahre älter als Gina war. Nur war sie

kleiner . . . nein, das war es nicht. Das Mädchen saß in einem Rollstuhl. Unwillkürlich zuckte Gina zusammen. Warum hatte Noah nichts gesagt? Sie wäre vorbereitet gewesen.
»Hakima«, stellte Noah das Mädchen vor, das auf ihn einsprach.
»Meine Schwester.«
»Was sagt sie?«
»Sie will wissen, ob deine Haare wirklich echt sind.«
Nie hätte Gina gedacht, dass ihre Haare einmal solche Bewunderung hervorrufen würden wie in Hakimas Augen, und dann sagte diese auf Französisch: »Aber warum bist du so dünn? Maman, gib ihr schnell etwas auf den Teller, bevor sie verhungert.«

Gina brachte keinen Bissen mehr hinunter, so satt war sie. Sie wusste nicht, was sie gegessen hatte, aber es war das Beste seit Langem. Und, was das Wichtigste war, sie fühlte sich in Sicherheit.
»*Merci*«, seufzte sie dankbar. »So etwas Gutes habe ich schon lange nicht mehr gegessen.«
Der Großvater nickte freundlich, während Noahs Mutter ein Tablett mit Gläsern und eine dampfende Teekanne auf den Tisch stellte. Der alte Mann verteilte die zerstoßenen Kandisstückchen auf die bunten Gläser und übergoss sie mit dampfendem Tee. Ein Duft nach frischer Minze stieg auf. Das erste Glas reichte er Gina.
Sie wehrte mit der Hand ab. »Nein, danke, es ist zu heiß.«
Aber Noahs Großvater ließ nicht locker.
»Du musst trinken«, sagte Noah, »sonst ist er beleidigt. Und du wirst sehen, der Tee erfrischt.«
Der alte Mann grinste, wobei Gina feststellte, dass er höchstens noch fünf Zähne besaß, und dann sagte er etwas zu Noah.

»Was sagt er?«

Es war Hakima, die übersetzte: »Drei Gläser musst du trinken. So ist es Sitte bei uns. Die erste Tasse . . .«, sie hielt kurz inne, »schmeckt bitter wie das Leben, die zweite Tasse süß wie die Liebe und die dritte Tasse sanft wie der Tod.«

Der alte Mann nickte zufrieden.

Sanft, dachte Gina, nein, der Tod war nicht sanft. Sie spürte, wie die Angst zurückkehrte. Das Gefühl von Geborgenheit löste sich auf.

»Immer hat er nicht recht, mein Großvater«, kommentierte Noah. Er verdrehte die Augen.

»Du sollst dich nicht über Großvater lustig machen«, schimpfte Hakima. »Er ist ein weiser Mann.«

Noah drehte sich zu Gina um, zog eine Grimasse und entlockte ihr damit erneut ein Lächeln. Sie atmete tief durch und lehnte sich zurück, während Noah seiner Familie etwas auf Arabisch erzählte. Es musste um sie, Gina, gehen, denn immer wieder fiel ein mitleidiger Blick auf sie. Ab und zu hörte sie Hakima laut seufzen.

»Was ist los?«, fragte sie Noah.

»Ich erzähle von dem Mädchen«, antwortete er. »Und dem Mann, der hinter dir her ist.«

Hakima sagte erneut etwas.

»Was?«, fragte Gina.

»Sie meint, dass der Mann von einem bösen Dschinn besessen ist.«

»Dschinn?«

»Ein böser Geist, ein Dämon«, erklärte Noah ernsthaft.

»Was, sie glaubt an Geister?«

»Du etwa nicht?«

»Nein!«

Nun, Gina war nicht sicher, ob Noah an diese Dschinns glaub-

te, jedenfalls war da wieder dieses Lächeln in seinen Augenwinkeln, das sie unsicher machte. Dennoch, als er übersetzte, sah sie allgemeines Erstaunen in den Gesichtern seiner Familie.
Was? Gina glaubte nicht an Geister? Wie war das möglich? Aber wie wollte sie sich dann vor dem schwarzen Mann schützen?
»Ich weiß nicht«, antwortete sie zögernd und für einen Moment herrschte Stille in der Küche. Der Großvater rührte mit nachdenklichem Gesichtsausdruck in seinem Tee und schüttelte bedenklich den Kopf.
Hatten sie recht? Wie konnte sie Nein sagen, wo sie bisher noch nicht einmal darüber nachgedacht hatte. Andererseits, Geister spielten in ihrer Welt keine Rolle.
Hakima sagte etwas zu ihrer Mutter, die sogleich aufstand und aus dem Zimmer ging. Als sie zurückkam, hielt sie eine Kette mit einem blauen Anhänger in der Hand. Sie überreichte sie Gina.
»Was ist das?«
»Das Auge der Fatima«, antwortete Noah ungerührt und biss in einen Keks, der dick mit Mandeln belegt war.
»Fatima?«
»Kennst du nicht die Tochter Mohammeds? Das Amulett soll dich gegen den bösen Blick und Geister schützen«, erwiderte Hakima. »Du kannst es brauchen.«
Ginas Hand griff nach dem Anhänger. Das Glas fühlte sich in ihrer Hand kühl an. Kaum war sie den einen Talisman los, hatte sie schon den nächsten.
»Aber das kann ich nicht annehmen . . .«
»Du musst«, erwiderte Noah entsetzt. »Sonst ist Hakima traurig und dann haben wir hier keine Ruhe mehr. Sie kann mit ihren Tränen die ganze Familie verrückt machen. Sie ist überzeugt,

dass du ohne Fatimas Schutz den Mann nicht loswirst. Und weil ihr Name, Hakima, Weisheit bedeutet, glaubt sie, dass sie hellsehen kann.«

Gina warf Hakima einen erstaunten Blick zu. Diese war offensichtlich stolz und glücklich, dass sie Gina beschützen konnte. Nein, nicht das Amulett rief in Gina das Gefühl hervor, dass sie unter einem besonderen Schutz stand, sondern Hakimas sanfter Blick.

In diesem Moment hörte der Großvater auf, in seinem Glas zu rühren, und sagte etwas. Alle hörten ihm andächtig zu und nickten mehrfach.

»Wenn du kein Schakal bist«, übersetzte Noah, »fressen dich die Schakale.«

Aha. Logisch. Hatte Gina auch schon immer gedacht. »Und was meint er damit?«

»Ich denke«, Noah nahm die nachdenkliche Haltung seines Großvaters an, wobei in seinen Mundwinkeln ein Lächeln saß, als ob er sich erneut über diesen lustig machte, »dass er recht hat. Wenn dieser Mann dich verfolgt, dann hast du nur eine Chance, ihn wieder loszuwerden.«

Nichts anderes wollte Gina, nur dem Schatten des schwarzen Mannes entkommen.

»Wie denn?«

»Du musst ihm hinterhergehen, damit nicht er dich verfolgt.«

Der alte Mann murmelte erneut etwas.

»Er meint, es ist besser, im Rücken des Feindes zu stehen, als in seine Augen zu blicken«, übersetzte Noah.

Und sein Großvater nickte ernst.

Für einen Moment tauchte vor ihren Augen das Bild ihres Großvaters auf. Wie er mit ihr durch Paris spazierte. War er wirklich gestern am Telefon gewesen? Was hatte er gedacht? Hatte er ihre Stimme erkannt?

»Was ist los?«, fragte Hakima, die offenbar den siebten Sinn hatte und spürte, dass Gina die Tränen kamen.
»Nichts, nur . . . ich habe auch einen Großvater in Paris, aber meine Mutter und er, sie haben sich gestritten und nun kann ich ihn nicht sehen.«
»Es ist nicht die Sache deiner Mutter«, erklärte Hakima mit ernstem Gesicht, »deinen Großvater zu besuchen.« Dann wandte sie sich an Noah. »Ihr müsst gehen, sonst kommt Gina nicht mehr nach Hause. Und ihre Mutter wird sich Sorgen machen, so wie deine um dich.«
Erschrocken stellte Gina fest, dass sie recht hatte. Ihre Uhr zeigte bereits kurz nach halb neun. »Ist es schon so spät? Oh Gott, meine Mutter wird mich umbringen. Sie weiß nicht einmal, wo ich bin.«
Sie sprang auf.
»Keine Sorge, ich bringe dich rechtzeitig zurück«, sagte Noah.
»Kommst du wieder?«, fragte Noahs Schwester.
»Wenn meine Mutter nichts dagegen hat«, erwiderte Gina.
»Dann freue ich mich«, nickte Hakima.
»Ich auch.«
Und Gina würde sich tatsächlich freuen, Hakima wiederzusehen. Und eines Tages würde sie einen Film über sie alle drehen. Dann, wenn das alles vorbei war.

Vierzehn

Ginas Armbanduhr zeigte kurz vor zehn, als sie in der Rue Daguerre zurück waren. Die Dämmerung war inzwischen vollständig eingebrochen und verdunkelte nun immer schneller den Abendhimmel. Die Nacht würde schwül werden. In den Straßencafés in der Rue Daguerre waren kaum Plätze zu finden. Solange Gina bei Noah zu Hause gewesen war, hatte sie kaum an den schwarzen Mann gedacht. Vielleicht weil sie nicht alleine gewesen war, vielleicht weil sie spürte, dass sie in Noah einen Verbündeten gefunden hatte. Sie hatten die lange Rückfahrt kaum miteinander gesprochen. Einfach, weil es nichts zu sagen gab. Doch nun, als sie an der Metrostation ausstiegen, begann Ginas Herz zu klopfen.

War der schwarze Mann noch hier?

Stand er irgendwo an einer Straßenecke, um ihr aufzulauern?

Unwillkürlich verlangsamte sie ihre Schritte. Hakimas Kette um ihren Hals fühlte sich kühl an.

»Was, wenn er noch da ist?«, flüsterte sie.

Noah wusste sofort, wen sie meinte.

»Er weiß nicht, wo du bist«, antwortete er und blieb unten an der Rolltreppe stehen, »aber du weißt, wo er auf dich wartet. Das ist es, was mein Großvater meint. Warte! Ich schaue nach, ob die Luft rein ist.«

Noah sprang auf die Rolltreppe und schlängelte sich an den Leuten vorbei. Innerhalb weniger Sekunden war er verschwunden. Gina schob sich hinter eine Säule. Niemand achtete auf sie. Bis sie Noah wieder die Rolltreppe herunterkommen sah.

»Alles klar«, sagte er. »Mehr oder weniger.«

»Wie meinst du das?«

»Die Polizei steht vor eurem Haus.«

»Die Polizei?«

Er nickte.

»Warum?«

»Keine Ahnung. Aber ich gehe lieber. Es ist besser, sie wissen nicht, dass du mit mir zusammen warst.«

»Du meinst . . . ?«

»Ich will einfach kein Risiko eingehen, verstehst du? Wir sind nicht hier, weil wir reich werden wollen, sondern wegen Hakima. Hier kann sie operiert werden. Eines Tages. In Marokko nicht.« Und dann war Noah im Getümmel verschwunden. Gina wusste, dass jetzt kein Bus mehr zurück in die Banlieue fuhr. Nicht mehr um diese Uhrzeit. Wo würde er schlafen?

Kaum betrat sie die Wohnung, hörte Gina ihre Mutter mit jemandem sprechen. Dabei schluchzte sie laut. Was war geschehen? So schnell sie konnte, rannte Gina den langen Flur entlang zum Salon. Vor der Glastür blieb sie stehen.

»Wo kann sie nur sein?«, rief ihre Mutter. »Warum habe ich sie nur allein gelassen? Ich hätte ihr glauben sollen. Ich hätte ihr glauben sollen . . . Und warum ist sie nicht auf dem Handy erreichbar?« Sie lief im Salon hin und her, wobei sie so etwas wie ein Taschentuch auf ihre Augen drückte.

»Alles in Ordnung, Maman«, rief Gina. »Ich bin hier.«

Mein Gott, das Gesicht ihrer Mutter! Es war kreidebleich. Ein Träger ihres Kleides war nach unten gerutscht. Und am Fenster stand Maurice Ravel, *le commissaire.* Auch er hatte einen besorgten Ausdruck im Gesicht. Beide starrten Gina an, als sei sie ein Geist. Und in Nikolajs Salon war plötzlich eine Stille . . . man hätte die Holzwürmer in seinem Parkett hören können, falls es welche gab.

Doch dieser fast friedliche Augenblick dauerte nur wenige Se-

kunden. Gina hätte nicht gedacht, dass die Stimmung so schnell umschlagen konnte. Gerade noch war der Raum von Trauer und Angst erfüllt gewesen, jetzt brach die Wut ihrer Mutter über sie ein wie ein Gewitter.
»Wo warst du, verdammt noch mal? Wo hast du dich herumgetrieben? Seit Stunden suche ich nach dir. Ich habe angerufen und du warst nicht da. Ich bin sofort hierhergefahren, obwohl ich bis zum Hals in Arbeit stecke. Bis zum Hals! Verstehst du! Und die Wohnung ist leer. Du hast nicht einmal eine Nachricht hinterlassen.«
Das war die Gelegenheit, ihr von dem schwarzen Mann und dem Handy zu erzählen. Doch ihre Mutter ließ sie gar nicht zu Wort kommen.
»Und warum bist du nicht auf dem Handy erreichbar? Wofür hast du es überhaupt? Auch dein Vater hat versucht, dich anzurufen. Schon wieder hat er mich am Telefon angebrüllt. Angebrüllt, verstehst du? Also, wo warst du?«
Die Fragen ihrer Mutter waren Blitze, das Klacken der Absätze auf Nikolajs teurem Fußboden die dazugehörigen Donnerschläge. Gina fürchtete, mit jedem Schritt würden die Schuhe kleine Löcher in das wertvolle Parkett hämmern. Klack, klack, klack. Das würde Nikolaj mit Sicherheit nicht gefallen.
»Ich bin fast wahnsinnig geworden vor Angst«, schrie ihre Mutter hysterisch. »Ich habe gedacht, du hast dich in der Stadt verirrt. Hast die falsche Metro erwischt und stehst jetzt irgendwo . . .«
Gina konnte nicht anders. Sie begann zu lachen. Scheiße, das war nun wirklich nicht der richtige Moment. Sie sah es an den Augen ihrer Mutter. Das war der böse Blick, dachte sie und ihre Hand griff nach Hakimas Amulett. Vielleicht half das auch gegen die Wut von Müttern? Gegen ihren bösen Blick. Dann versuchte sie, sich zu beherrschen. Aber es gelang ihr nicht. Sie

wurde von einem Mann verfolgt, der sie vielleicht töten wollte, und ihre Mutter . . . ihre Mutter machte sich Sorgen, dass sie sich verlaufen haben könnte? Es war einfach absurd. Abgrundtief komisch. Sie konnte nicht aufhören zu lachen, bis schließlich ihre Mutter auf sie zutrat und . . .

Die Ohrfeige spürte Gina nicht. Der Augenblick war so ungeheuerlich, dass sogar die Standuhr im Flur für einen Moment aufhörte zu ticken und dann erneut zu schlagen begann. Eins, zwei, drei . . . sieben, acht, neun, zehn!

Mit dem letzten Schlag zog ihre Mutter die Hand zurück. Nein, sie hatte Gina nicht geschlagen, aber es war die Absicht, die zählte. Zum ersten Mal hatte ihre Mutter die Hand gegen sie erhoben.

Empörung schoss in Gina hoch. Ach was, Empörung, es war Erbitterung und das abgrundtiefe Gefühl von Wut.

Sie war es doch, die Gina in der fremden Stadt allein gelassen hatte. Sie war schuld an dem Ganzen. Ja, ihre Mutter und ihr gottverdammter neuer Weg. Ihr, Gina, war das alte Leben recht gewesen. Sie war glücklich gewesen und ihre Mutter hatte es zerstört.

Und jetzt . . .

Das Gefühl der Verlassenheit war schlimmer als die Angst. Es war eine Ahnung von ewigem grauem Himmel, von den Hochhäusern in der Banlieue, es war das Gefühl der Zerbrechlichkeit, die hauchdünne Grenze zum völligen Verschwinden.

»Beruhigen Sie sich, Madame«, unterbrach Maurice Ginas Gedanken. »Sie ist ja wieder da. So sind die jungen Leute eben. Vergessen Zeit und Ort. Träumen.«

Träume? Gina hatte nicht geträumt.

Aber das würde sie ihrer Mutter garantiert nicht erzählen. Sie würde sich an das halten, was Noahs Großvater gesagt hatte. *Wenn du kein Schakal bist, fressen dich die Schakale.*

Ein super Spruch, um zu überleben.

»Wo warst du?«, hörte Gina ihre Mutter erneut fragen. Gina antwortete nicht. Schakale waren in erster Linie stumm, so lange, bis sie . . . keine Ahnung.

»Ich war bei ihm«, sagte sie. »Bei Noah. Er hat eine Schwester, die im Rollstuhl sitzt und einen Großvater, der den ganzen Tag Tee trinkt, und von dem Zucker sind alle seine Zähne kaputt und sie haben kein Geld, um neue zu kaufen.« Sie erzählte das so, als hätte sie sich prächtig amüsiert.

Ihre Mutter schwieg, einen Moment aus dem Konzept gebracht, und fragte dann: »Und wo wohnt Noah?«

»In Clichy-sous-Bois«, antwortete Gina lässig.

Jetzt war der Kommissar alarmiert. »Das ist keine Gegend, in der du dich aufhalten solltest. Ich muss mir diesen Noah wohl mal vorknöpfen.«

»Haben Sie sonst nichts zu tun?«, zischte Gina. »Und was ist mit diesem Mädchen? Haben Sie es gefunden? Haben Sie überhaupt nach ihr gesucht? Haben Sie nach dem schwarzen Mann gesucht?«

»Es gibt kein Mädchen«, antwortete ihre Mutter. »Monsieur Ravel kam her, um dir das zu sagen. Da war ich gerade nach Hause gekommen und du warst nicht da.«

»Du hast dich geirrt«, erklärte der Kommissar. »Wir haben keine Spuren für ein Verbrechen gefunden oder einen Hinweis darauf, dass die Wohnung bewohnt war. Vielleicht hast du sie mit jemandem aus dem fünften Stock verwechselt.«

»Nein, das Mädchen war im vierten Stock. Ganz sicher. Sie saß . . .«

»Und wir haben auch keine Vermisstenmeldung zu einem Mädchen, auf das deine Beschreibung passt«, erklärte Monsieur Ravel.

»Das ist mir scheißegal«, schrie Gina. Sie zitterte am ganzen Körper vor Wut. Wenn sie die Geschichte mit dem Mädchen schon nicht glaubten, was war dann mit dem Mann? Dass er ihr Handy hatte. Dass er sie verfolgte. Sie würden denken, auch das hätte sie sich eingebildet.

»Gina«, ihre Mutter unterbrach sie ungeduldig, »wenn du jetzt nicht damit aufhörst, diese Geschichten . . .«

»Das sind keine Geschichten«, brüllte Gina und rannte aus dem Raum, die Tür hinter sich zuknallend. In ihrem Zimmer begann sie, wütend auf und ab zu gehen. Sie griff nach ihren Sachen, packte sie in ihren Koffer, warf sich schließlich aufs Bett und brach in Tränen aus.

Wenn es böse Geister, diese Dschinns, tatsächlich gab, dann kamen sie erst zu einem, wenn man erwachsen war. Nur die Erwachsenen hatten den bösen Blick.

Wenige Minuten später hörte sie, wie die Wohnungstür ins Schloss fiel und die Schritte ihrer Mutter, die sich ihrem Zimmer näherten. Unwillkürlich fiel ihr Blick auf die Tür, doch der Schlüssel fehlte.

»Gina«, hörte sie ihre Mutter.

Gina antwortete nicht.

»Schätzchen.«

Sie reagierte nicht.

»Monsieur Ravel ist gegangen.«

Schweigen.

»Es tut mir leid, dass . . .«

Gina antwortete nicht. Sie zog das Kissen über ihren Kopf und schwieg.

Sie hörte einen Seufzer, und ohne ein weiteres Wort zu sagen, verschwand ihre Mutter. Gina spürte ein Gefühl des Triumphes, als hätte sie ihre Mutter besiegt. Zum ersten Mal in ihrem Leben.

Nein, sie hatte kein schlechtes Gewissen deswegen. Die ganze Wut, die sie seit einem halben Jahr auf ihre Eltern, das Leben, die Welt empfand, brach sich jetzt ihre Bahn.

Jeder lebt sein Leben für sich allein.
Und wenn du kein Schakal bist, fressen dich die Schakale.
Das war ein kluges Sprichwort aus dem Munde von Noahs Großvater und er musste es wissen. Er war ein Mann der Wüste. Aber warum ließ dieser Satz Gina erneut in Tränen ausbrechen?

☾

Fünfzehn

Gina wachte davon auf, dass ihr der Schweiß ins Gesicht rann. Sie hatte so geschwitzt, dass ihr Haar an der Stirn und im Nacken klebte. Mit geschlossenen Augen blieb sie noch eine Weile liegen, dann hörte sie die Schläge der Standuhr im Flur.
Eins, zwei, drei . . .
Zehn Uhr.
Dann schwieg die Uhr.
Sie fühlte sich wie erschlagen. Vielleicht hatte sie nicht geschlafen, sondern war die ganze Nacht einfach bewusstlos gewesen. Der Blick durch das Fenster zeigte ihr einen diesigen Himmel. Doch abgekühlt hatte es nicht. Die Sonnenstrahlen waren lediglich von einer feuchten, drückenden Schwüle abgelöst worden.
Über der Wohnung lag Stille. Nein, weit entfernt hörte sie die Schritte ihrer Mutter. Offenbar hatte diese ein schlechtes Gewissen oder ihre Klackschuhe gegen Pantoffel vertauscht. Sie schlich wie eine Katze.
Was sollte Gina ihr sagen? Wie mit ihr über den vergangenen Tag reden? Wenn jemand einem nicht glaubte, dann war es, ja es war, als ob sie in verschiedenen Sprachen redeten. Sie konnten sich nicht verstehen.

Jetzt näherten sich die leisen Schritte ihrer Mutter der Tür. Gina vergrub das Gesicht im Kissen. Besser schweigen. So tun, als ob sie schlief.
Die Tür öffnete sich.
»Gina?«
Gina, äffte sie in ihrem Kopf nach.
»Chérie.«
Von wegen Liebling. Jetzt wollte sich ihre Mutter wieder einschmeicheln. Das konnte sie gut. Aber nicht heute, nicht jetzt, nicht die nächsten Tage.
Gina stellte sich schlafend.
Die Tür wurde wieder zugezogen.
Schritte.
Dann fiel die Wohnungstür ins Schloss.
Gina war allein.
Sie sprang aus dem Bett und ging in die Küche, in der es nach frischen Croissants roch. Auf dem Tisch lag ein Zettel. Daneben zwanzig Euro.

Gina, Schätzchen,
ich wollte dich ausschlafen lassen. Das Geld ist für das Taxi. Komm bitte ins Theater. Wir müssen reden. Ich lade dich zum Mittagessen ein.
Maman

Gina setzte sich und zupfte lustlos die Kruste von einem Croissant. Hunger hatte sie sowieso keinen.
Obwohl Gina sich vorgenommen hatte, unversöhnlich zu bleiben, war sie enttäuscht. Ja, sie wusste, ihre Mutter musste arbeiten. Sie hatte ein Engagement. Aber . . . wie konnte sie Gina schon wieder allein lassen? Was, wenn der Mann . . . doch dann fiel ihr ein, dass ihre Mutter ja nicht wusste, dass der Mann auf

sie wartete, dass er ihr Handy hatte ... Das war die Folge, wenn man schwieg.
Tatsache war: Sie war allein und niemand da, um ihr zuzuhören.
Was Tom wohl gerade machte? Bestimmt hatte er inzwischen angerufen oder eine SMS nach der anderen geschickt. Er hatte doch nach ihrer Telefonnummer gefragt. Sicher, ein Versprechen war das nicht gerade. Andererseits hatte er einen Stern nach ihr benannt. Das war doch cool, oder nicht? Das war doch mehr als ein Versprechen, oder? Das war so etwas wie ... wie eine Liebeserklärung.
Gina erhob sich nervös und holte die Milch aus Nikolajs Kühlschrank.
»Weißt du, wie viele Sterne es gibt?«, hatte Marie sie später gefragt. »Unendlich viele. Glaub mir, genauso viele Mädchen hat er schon nach ihren Telefonnummern gefragt.«
Mist. Sie war zu alt, um Kakao zu trinken. Sie durchwühlte Nikolajs Küche, bis sie endlich eine staubige Packung Pfefferminztee fand.
Zwei Löffel Zucker. In den Augen ihrer Mutter wäre das mit Sicherheit zu viel, weil ungesund. Ungesund für die Zähne und Zucker machte dick. Hakima war nicht dick. Noah nicht und der Großvater schon gar nicht ... na ja ... seine Zähne allerdings!
Aber wenn ihre Mutter nicht da war, dann konnte sie ihre Erziehungspflicht nicht ausüben. Gina musste demnach ihre Entscheidungen alleine treffen. Also drei gehäufte Löffel Zucker.
Beim Rühren hörte sie wieder Noahs Großvater: Es war besser, hinter dem Feind zu stehen als vor ihm. Es klang irgendwie einleuchtend, fast schon beruhigend.
Sie erhob sich. Ihr Herz klopfte. Dennoch führten ihre Schritte sie Richtung Wohnzimmer. Vorsichtig schaute sie durch das Fenster. Das Leben auf der Straße war bereits in vollem Gange.

Lieferwagen blockierten den Verkehr. Ein Roller knatterte über den Gehsteig. Frauen mit Einkaufstaschen, aus denen Baguettestangen ragten, eilten das Trottoir entlang. Jemand feilschte mit Monsieur Saïd um den Preis einer riesigen Wassermelone. Sie spähte die Straße hoch und runter. Niemand stand dort. Keine Spur von dem schwarzen Mann.

Dann ging ihr Blick hoch zum vierten Stock im Haus gegenüber. Jemand hatte die zerborstenen Fenster mit einer Plane abgedichtet, die sich im sanften Wind leicht blähte. Ihr schien, als hätte sich die Welt beruhigt wie nach einem Sturm.
Sie öffnete das Fenster und beugte sich hinaus. Monsieur Saïd hatte sich mit dem jungen Mann geeinigt und zerteilte die Wassermelone. Wieder wandte sie sich zur Wohnung gegenüber. Sie konnte es einfach nicht lassen. Ihr Blick wurde magisch angezogen. Sie glaubte, eine Bewegung hinter dem einzigen heil gebliebenen Fenster wahrzunehmen. Nein, sie hatte sich getäuscht. Gespenster, Geister, der böse Blick. Humbug. Sie sollte unter die Dusche und sich abkühlen. Vielleicht wurde dann ihr Verstand wieder klar. Sie wollte sich umdrehen, als sie erneut aus den Augenwinkeln gegenüber einen Schatten bemerkte.
Oh Gott. Fing alles wieder von vorne an? Begann der Albtraum von Neuem?
Und dann schien es ihr, als ob ihr jemand hinter dem Fenster zuwinkte.
Sie trat einige Schritte zurück, konnte den Blick jedoch nicht abwenden. Eine Gestalt erschien am Fenster. Ihr Herz klopfte. War es das Mädchen? Nein. Das Gesicht, das sich an die Fensterscheibe presste, kam ihr plötzlich ... nicht gerade vertraut, aber zumindest bekannt vor.
Noah!

Es war Noah, der dort drüben stand und ihr unverkennbar zuwinkte.
Was machte er dort?
Er hörte nicht auf zu winken.
Er wollte, dass sie zu ihm hinüberkam.
Ohne zu überlegen, griff Gina nach dem Geld, steckte es in ihren Rucksack und verließ die Wohnung.

Im Flur der Rue Daguerre Nr. 13 war es still. Sie bewegte sich leise die Treppe hoch und blieb erschrocken stehen, als sie ein schepperndes Geräusch hörte. Sie beruhigte sich wieder, als sie feststellte, dass es ein Fahrstuhl war. Ein uralter Aufzug mit schmiedeeiserner Tür, der in einem mit Eisenverzierungen versehenen Schacht langsam und laut klappernd nach oben kroch. Im vierten Stock angekommen, stand sie vor einer verschlossenen Tür. Sie wollte gerade klopfen, als sie von oben Schritte hörte. Sie konnte hier nicht einfach stehen bleiben. Jeder im Haus wusste spätestens seit gestern, dass die Wohnung leer stand. Zudem war sie völlig ausgebrannt. Die Schritte näherten sich. Gina drehte sich um und ging weiter die Stufen hoch. Am nächsten Treppenabsatz erschien diese unglaublich dicke Frau ohne ihren Hund und schleppte sich mit einem Eimer Wasser und einem Wischmopp die Treppe hinunter. Sie bemühte sich um einen ruhigen Schritt, und als sie vorbeiging, sagte sie betont höflich: »*Bonjour.*«
Sie wartete, bis sie die Frau unten an der Haustür hörte und kehrte wieder zurück. Sie hatte keine Zeit, lange zu überlegen, also klopfte sie und rief leise: »Noah. Ich bin's.«
Sofort öffnete sich die Tür. »Komm rein!«
Er trug dieselbe Jeans und dasselbe T-Shirt wie am Tag zuvor,

allerdings wirkte er unausgeschlafen. Irgendwie zerknittert, als hätte er die Nacht in seinen Kleidern verbracht.

»Was ist los? Wie kommst du in die Wohnung?«

Er legte den Finger auf die Lippen und bedeutete ihr hereinzukommen. Sie schlüpfte an ihm vorbei und fand sich in einem dunklen Flur wieder. Der Rauch hatte die Wände, die Möbel, die Bilder, die Lampe geschwärzt. Brandgeruch hing in der Luft. Gina spürte ein Kratzen im Hals. Der Hustenreiz ließ sich kaum unterdrücken.

Der rote Teppich vor der Eingangstür war mit Asche überzogen. Die Holzdielen darunter knarrten, als seien sie lose.

»Was zum Teufel machst du hier?«, krächzte sie.

»Komm, in der Küche ist die Luft besser«, flüsterte er.

Auch die Möbel in der Küche trugen eine graue Ascheschicht, doch war es nicht so schlimm wie im Flur.

»Wie bist du hereingekommen?«, fragte Gina erneut.

»Durch das Fenster.« Noah deutete auf die Wand hinter ihr. Sie drehte sich um. Es gab hier ein schmales Fenster, das zum hinteren Treppenhaus führte.

»Es war gekippt«, grinste Noah. »Und ganz leicht zu öffnen.«

»Das heißt noch lange nicht, dass es für dich offen stand. Was machst du hier?«

»Ich habe hier geschlafen.«

»Wie, geschlafen?«

»Du weißt doch, dass kein Bus mehr in die Banlieue ging. Ich wollte bei Monsieur Saïd übernachten, aber er hat mir nicht aufgemacht.«

»Warum nicht?«

»Keine Ahnung.«

»Und was willst du noch hier? Du solltest verschwinden. Wenn dich jemand erwischt.«

»Ich habe darüber nachgedacht, was mein Großvater gesagt

hat«, ignorierte Noah ihre Worte. »Wir dürfen nicht zulassen, dass der Mann *dich* verfolgt. Es gibt nur eine Möglichkeit. *Wir müssen ihn verfolgen.*«
»Aber er ist weg«, sagte Gina.
»Und wenn er wiederkommt?«
Gina lief ein kalter Schauer über den Rücken. Ja, sie hatte seinen Blick gesehen. Er war böse und böse Menschen gaben nicht einfach auf.
»Hier hat alles angefangen.« Noah setzte sich auf die Arbeitsplatte. »Wenn er unten steht und nach dir sieht, dann sind wir in seinem Rücken.« Es klang einleuchtend. Nie würde der Mann damit rechnen, dass sie in dem Haus hinter ihm war, während er sie in Nikolajs Wohnung suchte. »Außerdem können wir uns hier doch einmal umsehen.«
»Aber was willst du hier finden?«, fragte Gina. »Wenn nicht einmal die Polizei eine Spur von dem Mädchen entdeckt hat. Die haben schließlich Spezialisten für so etwas.«
»Die Polizei«, sagte Noah, »die sieht nur, was sie sehen will. Und warum sollte sie nach einem Mädchen suchen, das in ihren Augen nicht existiert.«
»Aber sie . . .«
»Jaja, ich weiß. Du hast sie gesehen.« Er hob die Hände, als hätte er Angst vor Ginas hysterischen Ausbrüchen. »Also war sie auch hier.« Er glaubte ihr. Noah glaubte ihr und er kannte sie nicht einmal.
»Vielleicht«, sprach Noah weiter, »hat die Polizei etwas übersehen. Sie sind nicht immer so schlau, wie sie tun. Sie wissen vielleicht nicht, wonach sie suchen müssen.«
Was er sagte, machte Sinn. Wenn sie etwas fanden, könnte Gina die Polizei überzeugen, dass es hier tatsächlich einen Mordfall aufzuklären gab.
»Diese Wohnung«, erklärte Noah, während er sich umsah, »ge-

hört einem reichen Teppichhändler aus Marrakesch. Er heißt Mazirh und lebt die meiste Zeit in Marokko. Er kommt nur ein- bis zweimal im Jahr hierher.«
»Woher weißt du das?«
»Jeder weiß das hier in der Straße. Ansonsten frage ich mich, wer außer ihm einen Schlüssel haben könnte.«
Natürlich. Jemand musste einen Schlüssel haben. Wenn etwas nicht in Ordnung war. Zum Beispiel ein Feuer ausbrach. Daran hatte Gina nicht gedacht.
Noah hob den Daumen.
»Da ist erst einmal der Teppichhändler selbst . . .«
»Der in Marrakesch ist . . .«
»Aber er hat einen Schlüssel. Dann die Concierge, also die Hausmeisterin, mit der habe ich schon gesprochen. Das ist die dicke Frau, die . . .«
»Die mit dem kleinen Köter, der aussieht wie ein dreifacher Hamburger?«
Noah nickte.
»Ja, und?«
»Aber die ist taub und blind.«
»Und weiter?«
»Dann gibt es noch eine Frau, die hier putzt.«
In Ginas Kopf machte es klick! Eine Putzfrau!
»Und dabei handelt es sich um die Nichte der Concierge, Brigitte Reno.« Gina hörte den Triumph in Noahs Stimme.
»Und du meinst, dass sie das Mädchen hereingelassen hat?«
»Ich meine gar nichts. Ich stelle nur die Möglichkeiten fest.« Er begann sich umzusehen. »Niemand lebt irgendwo, ohne Spuren zu hinterlassen. Fangen wir also an zu suchen.« Noah sprang von der Arbeitsplatte herunter und reichte Gina sein Halstuch. »Wenn dir das Atmen zu schwer wird, dann halte das vor den Mund.«

»Und du?«

»Ich bin ein Kind der Wüste. Dort glüht die Sonne so heiß, dass die Kakteen von alleine brennen wie Kerzen...«

Er grinste und Gina hatte wieder einmal keine Ahnung, ob er das ernst meinte.

Nein, die Polizei hatte recht. Es hab keinen Hinweis, dass hier noch vor zwei Tagen jemand gewohnt hatte. Alles wirkte unbewohnt, ja geradezu verlassen. Der Kühlschrank war abgeschaltet. Es gab keinen Strom. Nichts zu essen, nichts zu trinken. Nur eine Reihe dunkler Anzüge hing ordentlich im Kleiderschrank und zeugte davon, dass hier jemand lebte, der es sich leisten konnte, eine unbewohnte Wohnung mitten in Paris zu besitzen.

Der einzige Raum, den sie noch nicht betreten hatten, war das Zimmer, in dem der Mann das Mädchen angegriffen hatte. Gina wollte das Zimmer auch nicht betreten. Sie hatte Angst, die Erinnerung, der Schock würde zurückkommen.

»Möchtest du warten?«, fragte Noah. Er musste den siebten Sinn haben, dass er immer wusste, was sie dachte. Einen geheimnisvollen Draht zu ihren Gedanken.

»Nein«, sie schüttelte den Kopf. »Ein Löwe leiht dem anderen nicht die Zähne, oder?«

»Genau.«

Noah öffnete die Tür.

Kaum hatte Gina den ersten Schritt in den Raum gemacht, als sie erschrocken das Halstuch vor den Mund schob.

Oh Gott, diese Luft.

Als ob jemand ein verbranntes Tuch auf ihr Gesicht presste. Gina spürte Rauch in ihrem Rachen und konnte nicht atmen, nicht sprechen. Die Erinnerung kehrte mit voller Wucht zurück. Obwohl der letzte Funke des Feuers längst verloschen war, glaubte sie, das Prasseln zu hören. Sie spürte die Hitze auf ihrer Haut brennen.

Doch in Wirklichkeit waren es nur Ascheflocken, die durch den Raum schwebten. Mit jedem Schritt wirbelten sie durch die Luft. Und was ihr durch das Fenster von gegenüber wie ein Raum aus Tausendundeiner Nacht vorgekommen war, erschien ihr jetzt wie eine dunkle Gruft. Die Wände, die Zimmerdecke, die Möbel und was noch von ihnen übrig war, alles war kohlrabenschwarz und mit einer rußigen Schicht überzogen. Die Lampen ausgebrannt. Die Fensterscheiben zersplittert. Der Fußboden mit Asche bedeckt. Die Teppiche nur schwarze Matten. Auf denen konnte keiner mehr fliegen.

Dazu kam das Löschwasser. Der Holzboden wölbte sich vor Feuchtigkeit. Es roch modrig. Über dem ganzen Raum hing der Gestank einer Biotonne.

Noah schien diese Luft nichts auszumachen. Er stand im Raum und sah sich um. Dann bückte er sich.

»Was ist los?«

Er hob einen verkohlten Gegenstand auf und hielt ihn ihr entgegen. Sie trat einen Schritt näher. »Was ist das?«

»Sieht aus wie geschmolzenes Plastik.«

»Na und?«

Noah zuckte anstelle einer Antwort mit den Schultern und fuhr mit dem Schuh über den Fußboden. Wieder bückte er sich, um etwas aufzuheben. Es sah aus wie verkohltes Holz. Er brach es in der Mitte auseinander. »Wenn mich nicht alles täuscht, dann war das einmal Fladenbrot! Genauso sah jedenfalls das Brot aus, das Hakima vor Kurzem gebacken hat. Steinhart und verkohlt. Wie schwarzer Marmor aus dem Atlasgebirge. Einfach ungenießbar.«

»Ist Hakima schon seit ihrer Geburt . . .?«

»Nein, das war ein Unfall. Noch in Marokko. Mit dem Auto. Deshalb sind wir nach Frankreich gekommen. Meine Eltern haben gehofft, dass sie hier gesund wird. Aber dann ist mein Vater gestorben und wir haben jetzt kein Geld für die Ärzte.« Er schwieg einen Moment und fuhr fort: »Aber ich werde Medizin studieren und dann kann ich ihr helfen.«

Noah sagte das mit viel Überzeugung. Gina fragte sich, wie ihm das gelingen wollte ohne Papiere, ohne Pass, ohne Geld, dennoch erwiderte sie: »Du schaffst das bestimmt.«

Doch er hörte nicht zu, sondern betrachtete neugierig das geschmolzene Plastik in seiner Hand.

»Ich glaube, das war ein Kanister. Der obere Teil ist verbrannt, der untere . . .«

Dann hob er plötzlich den Kopf und lauschte.

Gina hörte im Treppenhaus Schritte. Instinktiv senkte sie die Stimme. »Und was bedeutet das?«

»Vielleicht war Wasser drinnen. Wasser und Brot. So etwas essen doch Gefangene, oder?«

»Gefangene? Du meinst . . .«

Noah zuckte mit den Schultern. »Warum sollte sonst niemand wissen, dass das Mädchen hier gewohnt hat? Dass sie existierte?«

Draußen im Flur hörten sie jemanden vor der Tür haltmachen. Entsetzt sah Gina Noah an. Er winkte ihr zu. So leise wie möglich folgte sie ihm in den Flur. Der Fußboden knarrte. Der Türgriff bewegte sich langsam.

Noah ging in die Knie und schlich zur Tür. Gina folgte ihm, wobei sie über eine der Dielen stolperte. Das Brett war lose, stellte Gina fest. Sie bückte sich, um die Diele zurück in die Lücke zu schieben, als ihre Hand auf etwas stieß. Erschrocken zog sie sie zurück. Es fühlte sich an wie . . . wie Spinnweben. Etwas schien unter den Dielen vor. Gina hob das Holz hoch. Vor ihr lag ein

blaues Bündel. Unter einem durchsichtigen Stück Stoff, der leuchtete wie der azurblaue Himmel über dem Meer, blitzte etwas Weißes auf. Gina begann, es abzutasten. Es knisterte leise wie Papier.
»Pst«, zischte Noah und schob sich langsam an der Tür hoch, um durch den Späher zu schauen.
Gina hielt inne.
Der Türgriff bewegte sich erneut. Etwas wurde ins Schloss gesteckt. Jemand versuchte, in die Wohnung zu gelangen.
»Er ist es«, flüsterte Noah, noch immer das Auge auf dem Türspäher. »Der schwarze Mann. Wir müssen verschwinden.«
Ohne zu überlegen, griff Gina nach dem Stoffbündel und stopfte es mit zitternden Händen in den Rucksack, während Noah kaum hörbar murmelte: »Klettere durch das Fenster und warte im Laden von Monsieur Saïd auf mich.«
»Aber wie kann er wissen, dass wir hier sind?« Gina bekam fast kein Wort heraus.
Noah antwortete nicht, sondern hob den Finger an den Mund. Dann gab er ihr mit einer Handbewegung zu verstehen, dass sie verschwinden sollte.
Nein. Nicht alleine. Sie wollte nicht alleine gehen. »Aber du...«
Er kroch zu ihr zurück und schaute sie eindringlich an. »Er sucht dich, nicht mich. Geh über die Hinterhöfe. Da gibt es eine direkte Verbindung. Ich komme gleich nach. Geh!«
Noah schob sich langsam zurück zur Tür, während Gina in die Küche lief, sich durch das schmale Fenster zwängte und die Hintertreppe hinunterrannte.

Sechzehn

Gina fühlte sich, als säße sie auf heißen Kohlen, doch es war nur ein ungemütlicher Kartoffelsack in Monsieur Saïds Lagerraum. Der Gemüsehändler hatte zwar keine Fragen gestellt, als er sie dort entdeckte, aber sie schien ihm auch nicht willkommen.

Wo blieb Noah nur?

Was ging in der Wohnung vor sich?

Nein, Gina glaubte nicht an Geister, nicht an Omen. Sie fürchtete keine schwarzen Katzen, die ihren Weg kreuzten, und das Amulett, das Hakima ihr geschenkt hatte, war in ihren Augen nur eine Kette, mehr nicht. Aber dass das Nachbarhaus die Nummer dreizehn trug, das konnte nur Unglück bedeuten.

»Allah, das war knapp.« Endlich erschien Noah und ließ sich stöhnend neben ihr auf einen zweiten Kartoffelsack sinken.

»Er war es wirklich? Der schwarze Mann?«

»Niemand anders«, brachte Noah noch immer außer Atem hervor.

»Aber . . .« Gina lief ein Schauer den Rücken hinab. Wer war er, dass er durch Wände gehen konnte und niemand ihn sah, außer Noah und ihr. Am liebsten wäre sie wie Aladin in der leeren Wasserflasche verschwunden, die vor ihr auf dem staubigen Boden lag.

Noah schüttelte den Kopf. »*Mon Dieu*, ich hatte wirklich Glück. Allah war mit mir.«

»Dein Allah interessiert mich nicht.«

»Allah kann nichts dafür«, bemerkte er nach einer kurzen Pause und fuhr fort: »Er stand plötzlich im Flur. Mit dem Rücken zu mir.«

»Er kann durch Wände gehen«, murmelte Gina.

»Nein.« Noah lachte kurz auf, aber es klang nicht wirklich unbeschwert. »Er ist mit einem einfachen Draht in die Wohnung gekommen. Jetzt wissen wir auch, wie er dein Handy stehlen konnte.«

Die Angst griff nach Ginas Herz. Sie war dort schon fast zu Hause. Ihr wurde schlecht. Die Übelkeit wand sich wie eine Schlange in ihrem Magen.

Er war wiedergekommen.

Er würde nicht aufgeben.

Er hatte seine Augen überall. Sein böser Blick verfolgte sie.

»Hat er dich gesehen?«, fragte sie Noah, der noch immer schwer atmete vom Laufen.

»Nein, ich habe es gerade noch durch das Fenster in der Küche geschafft.«

»Er verfolgt mich! Wusste, wo ich bin!« Wie konnte sie nur dafür sorgen, dass diese Panik aus ihrer Stimme verschwand. Sie sprach nicht, sie quiekte so laut, dass Monsieur Saïd aus dem Laden zu ihnen herüberschaute.

Noah legte seine Hand auf ihre Schulter. »Ich lass dich nicht im Stich.«

Tränen traten ihr in die Augen. »Du musst mir nicht helfen«, sagte sie und dachte gleichzeitig: Lass mich nicht allein.

»Hakima hat gesagt, ich soll auf dich aufpassen.«

»Hakima?«

»Ja, und glaub mir, wenn Hakima etwas will, dann bekommt sie es auch.« Er verzog das Gesicht, als ob er seine Schwester mehr fürchtete als den schwarzen Mann.

»Aber wie willst du mir helfen? Das kann nur die Polizei.«

»Nein, beruhige dich. Ich habe nachgedacht.«

Dann erklärte er, was er sich ausgedacht hatte. Als er fertig war, sagte Gina: »Das kann ich nicht. Ich habe Angst.«

»Natürlich hast du Angst, aber wie mein Großvater immer sagt: ›Nur die Wüste ist furchtlos.‹«

Aber sie waren nicht in der Wüste. Sie waren in Europa. Mitten in Paris. Da galten andere Gesetze.

Plötzlich stand Monsieur Saïd in der Tür und sagte etwas auf Arabisch zu Noah, der daraufhin mit den Schultern zuckte.

»Was hat er gesagt?«

»Ich soll hier nicht herumsitzen, sondern mich um mein Geschäft kümmern. Was ist nur mit dem los? Er ist doch sonst nicht so.« Er erhob sich. »Aber wir müssen sowieso gehen.«

Monsieur Saïd ließ Gina nicht aus den Augen, als sie am Fenster des Ladens stand. Sie beobachtete Noah, wie dieser den Rollstuhl über die Straße schob und dann vor dem Haus gegenüber stehen blieb. Hin und wieder grüßte er jemanden, doch niemand würde vermuten, dass er das Haus mit der Nummer dreizehn nicht eine Minute aus den Augen ließ. Sobald der schwarze Mann aus der Tür kam, würde Noah anfangen, Kunden anzusprechen, als sei er auf einem Basar in Marrakesch. Das war ihr Signal.

Eine Frau auf weißen High Heels näherte sich mit raschen Schritten. Sie trug ein cremefarbenes Kostüm. In ihrer Handtasche saß ein kleines Hündchen mit einer rosa-weiß gepunkteten Schleife um den Hals. Nur der Kopf war zu sehen. Die Frau ging an Noah vorbei. Er beachtete sie zunächst nicht. Dann jedoch begann er, ihr plötzlich nachzulaufen, zog sie an der Jacke. Der Hund kläffte so hysterisch, dass die Tasche hin und her wackelte, als sei sie lebendig.

War das ihr Zeichen?

Ja. Noah redete und redete. Er hob die Hände zum Himmel. Die Frau würde jeden Augenblick um Hilfe schreien.

Doch Gina hatte keine Zeit, sich darum zu kümmern. Ohne auf

Monsieur Saïd zu achten, lief sie zur Ladentür. Ihre Hand zitterte, als sie diese öffnete. Die Mittagshitze schlug ihr entgegen, doch ohne sich umzusehen, wandte sie sich draußen nach links und ging in Richtung Metro.

Ihr Herz schlug laut wie die Standuhr in Nikolajs Wohnung. Verließ der schwarze Mann jetzt das Haus? Sah er sie im richtigen Moment?

Noch nie waren ihr die Beine so müde erschienen.

Würde er ihr folgen? Oder ahnte er, dass sie ihn herausfordern wollte? Sie wusste nicht, ob er hinter ihr war. Ein Schritt nach dem anderen. Sie musste einfach geradeaus gehen.

Und Noah?

Was, wenn er sie im Stich ließ?

Oder aufgehalten wurde?

Oder er verlor den Mann aus den Augen?

Eines war klar, im Theater wäre sie jetzt sicher. Aber es war zu spät.

»Geh in jedem Fall langsam«, hatte Noah gesagt. »Schau dir lange die Fahrpläne an. Du bist fremd in Paris. Er soll denken, du kennst dich nicht aus.«

»Ich kenne mich auch nicht aus.«

»Du nimmst die Metro und fährst zur Station Charles de Gaulle, dort steigst du in die Linie 1 Richtung Château de Vincennes. Am Place de la Concorde steigst du aus, gehst nach rechts und fährst die Rolltreppen nach oben. Von dort siehst du schon den Park. Geh durch den Haupteingang und ein Stück Richtung Louvre. Rechts...«, er malte einen Kreis in den staubigen Boden und in dessen Mitte einen Punkt, »...liegt das Café Orientale.« Noah hatte kurz aufgesehen. Sein Blick unter den dunklen Locken war konzentriert und ernst gewesen. »Verstanden?«

Gina hatte genickt. »*Oui*, Johnny.«

»Wie hast mich genannt?«

»Ach nichts.«

✯

Die Metro kündigte sich mit aufdringlichem Getöse an und kam laut quietschend vor Gina zum Stehen. Hinter ihr drängte sich die Menge. Doch sie sah und hörte niemanden. Sie lief einfach weiter im Vertrauen auf die Pläne eines marokkanischen Schuhputzjungen, der seine Weisheiten aus dem Sand der Wüste ausgegraben hatte. Genauso gut könnte er aus dem Kaffeesatz lesen. Zischend öffneten sich die Türen. Passagiere strömten aus dem Wagen, schoben sich rücksichtslos an ihr vorbei und von hinten drängte die Menschenmenge ungeduldig, endlich einsteigen zu können. Sie hätte sich so gerne umgedreht, um zu sehen, ob der schwarze Mann ihr folgte, doch Noah hatte ihr eingeschärft: »Dreh dich nicht um. Er darf in keinem Fall Verdacht schöpfen. Denk daran, was mein Großvater gemeint hat. Du musst ihn verfolgen und nicht umgekehrt.«

Ihr Herz schlug so laut, dass sie dachte, jeder würde sie anschauen, doch dann stellte sie fest, dass das Dröhnen in ihren Ohren von dem MP3-Player kam, den der Afrikaner neben ihr trug. Für einen Moment beruhigte sie sich, ging nach hinten und setzte sich mit dem Rücken in Fahrtrichtung an einen Platz, wo ein Franzose mit seiner Frau und zwei kleinen fröhlichen Kindern saß, die ihre Stofftiere fest an sich pressten. Eine glückliche Familie. Am liebsten wäre sie augenblicklich von ihnen adoptiert worden.

Sie konnte nur hoffen, dass Noah dem schwarzen Mann wirklich folgte. Drei Menschen in Paris, die sich nicht aus den Augen ließen.

An der Station Charles de Gaulle stieg sie, ohne warten zu müssen, in die Linie eins um und fuhr vier Stationen weiter zum Place de la Concorde. Dort verließ sie die Metro, wie Noah gesagt hatte. Als sie an die Oberfläche kam, schlug ihr die Hitze

entgegen. Sie brannte auf ihrer Haut wie die Flammen vor zwei Tagen. Unwillkürlich schaute sie sich um, ob sie irgendwo ein Feuer sah. Der Dunst des Morgens war verschwunden. Jetzt erstrahlte die Sonne am blauen Himmel wie frisch poliert und gab ein falsches Versprechen auf einen schönen, friedlichen Tag.
Sie schaute sich um. Alles sah anders aus, als Noah ihr beschrieben hatte. Sie hatte Mühe, sich zu orientieren. Erst nach einigen Minuten, in denen sich ihre Nervosität steigerte, sah sie die Gärten der Tuilerien. Sie ging darauf zu und wagte kaum, sich umzudrehen.
Stand er hinter ihr?
Starrte er sie mit seinem finsteren Blick an?
Diesem Blick, der schwarz war wie das Dunkel der Nacht?
Langsam wandte sie sich um, bemüht, den Blick auf den Haupteingang zu konzentrieren. Die Menschen verschwammen vor ihren Augen, als sie den Park durch das hohe vergoldete Tor betrat. Hier im Schloss hatte Marie-Antoinette die letzten Wochen vor ihrer Festnahme verbracht. Ihr Großvater hatte ihr das erzählt und Gina hatte damals ein leises Frösteln verspürt, als ob sie geahnt hatte, dass auch ihr hier einmal große Gefahr drohen würde.
»Geh in das Café«, hatte Noah gesagt. »Setz dich, bestell etwas, der Kellner bringt es, du nimmst einen Schluck, stehst auf und gehst zur Toilette. Dort gibt es wie immer in Paris einen Hinterausgang. Ich erwarte dich gegenüber. Da ist ein Dickicht, in dem man sich prima verstecken kann.«
»Und dann? Was machen wir dann?«
»Ein arabisches Sprichwort sagt, das Kamel denkt nur an die nächste Oase.«
»Wir sind hier aber in Paris und nicht in der Sahara! Und deine verdammten Sprichwörter kannst du dir sonst wohin stecken.«
Noah hatte nur die Hände ausgebreitet, als wollte er sagen, alles

liegt in Allahs Händen, und nun war Gina hier, in den Gärten der Tuilerien, voller Panik, dass sie verfolgt wurde. Von einem Mann, der bereits ein Mädchen getötet hatte. Und für einen Moment fühlte sie einen kalten Schauer über ihren Rücken laufen, trotz der Mittagssonne. Sie zitterte. Ein Wunder, dass niemand ihre Zähne klappern hörte.

Langsam ging sie an den Tischen vorbei, an denen Grüppchen von Männern saßen, Tässchen mit Mokka schlürften, rauchten, Zeitung lasen und sich lautstark unterhielten. Sie alle sahen aus, als seien sie mit dem schwarzen Mann verwandt. Alles Doppelgänger.

Sie suchte sich einen Platz im hinteren Teil des Cafés, wo eine Gruppe junger Leute, offensichtlich Touristen, in ihren Reiseführern blätterten.

»*Un coca*«, sagte Gina zu dem Kellner und bemühte sich, nicht allzu aufgeregt zu wirken.

Würde nur ihr Herz nicht so laut schlagen. Wäre doch nur alles nicht passiert.

Nicht durchdrehen, Gina, sagte sie zu sich selbst. Ein Löwe leiht dem anderen nicht seine Zähne. Noah hatte es ihr erklärt. Jeder musste seine Kämpfe alleine ausfechten.

Konzentriere dich einfach auf den nächsten Schritt.

Der Kellner brachte ihre Cola. Sie nahm einen Schluck aus dem Glas.

War genug Zeit vergangen?

Ihre Knie zitterten. Der Boden bewegte sich. Der ganze Raum war in Bewegung, als sie den kleinen Flur Richtung Toilette ging. Die Erde schwankte.

Niemand beachtete sie.

Der Hinterausgang war nicht versperrt. Sie fand sich neben den Mülltonnen des Cafés wieder. Als sie wieder an der Vorderseite auftauchte, sah sie gegenüber ein dichtes Gebüsch, das einen

Steinsockel überwucherte. War es das Dickicht, von dem Noah gesprochen hatte?

☾

Siebzehn

Gina rannte auf die Sträucher zu, als eine Hand ihren Arm packte, ihn fest umklammerte und sie zur Seite zog.
»Kopf runter!«, hörte sie ein Flüstern. »Er kann dich sonst sehen!«
Automatisch duckte sie sich hinter den Steinsockel, wo Touristen ihre Initialen hinterlassen hatten.
Paul liebt Monique.
Das Herz sprach nicht gerade von einer glücklichen Liebe. Der schwarze Pfeil, der es in der Mitte traf, schien ein entsetzliches Ende zu prophezeien.
»*Salut*«, sagte Noah und lächelte. »Das hast du gut gemacht! Du hast nicht eine Sekunde gewirkt, als wärst du nervös oder als ob du Angst hättest. Er war nur wenige Schritte hinter dir.« Als Noah bemerkte, dass Gina erneut blass wurde, fügte er hinzu: »Und ich nur wenige Schritte hinter ihm. Wie drei Kamele in einer Karawane.«
»Er ist mir tatsächlich gefolgt?« Gina konnte nicht aufhören zu reden. Die Spannung der letzten halben Stunde, die Ungewissheit, ob sie beobachtet wurde, die Panik, Noah könnte sie im Stich lassen . . . »Ich kann das nicht mehr. Immer diese Angst. Ich hab gedacht, ich mach mir in die Hose. Ich will zurück. Das hat doch alles keinen Sinn. Was weiß dein Großvater schon, wie es in Paris zugeht. Alle seine Weisheiten, die helfen einem hier nicht weiter.«
»Trink!« Noah reichte ihr eine riesige Wasserflasche.

Das Wasser kühlte ihre Angst ab. »Wo ist er jetzt?«
»Im Café und er wundert sich vermutlich, warum du nicht von der Toilette zurückkommst. Mal sehen, wie klug er ist, wie schnell er begreift, dass du ihn hereingelegt hast. Wir warten, bis er die Geduld verliert und das Café verlässt.«

Wenn Gina ehrlich war, dann war der Beruf des Detektivs megalangweilig. Es war ein Job für jemanden, dem die Ewigkeit nichts ausmachte wie ihrem Religionslehrer. Sie saßen auf dem heißen Asphalt in der brennenden Sonne. Die Hitze knallte ihr aufs Haar. Wenn es wirklich aus Stroh war, dann würde es jeden Moment Feuer fangen. Noah schien das nichts auszumachen. Okay, er war ein Kind der Wüste und vermutlich andere Temperaturen gewohnt. Entspannt kaute er einen Kaugummi, nahm ab und zu einen Schluck von dem Wasser, das von Minute zu Minute schaler schmeckte, und starrte dem Touristenstrom nach, der sich den Kiesweg entlang Richtung Louvre wälzte.
»Musst du heute nicht arbeiten?«, fragte Gina, um irgendetwas zu sagen.
»Doch, jeder Cent ist wichtig.«
»Warum bist du dann hier?«
Noah antwortete nicht, sondern wandte ihr das Gesicht zu. Eine Kaugummiblase zerplatzte vor Ginas Augen.
»Wenn du jeden Cent brauchst?«, hakte sie nach.
»Ich bin selbstständig«, antwortete Noah. »Dann arbeite ich eben bis tief in die Nacht.«
»Gibt es keine anderen Jobs? Musst du ausgerechnet Schuhe putzen?« Sie konnte es nicht ändern. Die Hitze machte einfach schlechte Laune.
»Was hast du gegen Schuheputzen?«

»Ich kann mir Schöneres vorstellen.«

»Ich kann mir auch Schöneres vorstellen«, eine neue Kaugummiblase zerplatzte in der Luft, »als verfolgt zu werden.«

»Ich habe es mir nicht ausgesucht.«

»Ich auch nicht«, antwortete er. »Und Hakima auch nicht.« Sie schwiegen erneut, um die Ewigkeit zu überbrücken.

Plötzlich packte Noah Ginas Arm. »Achtung, er kommt!« Gina duckte sich hinter das Gebüsch und warf einen Blick auf das Café gegenüber, wo der schwarze Mann auftauchte und nach allen Richtungen schaute. Hatte er endlich verstanden, dass sie die Flucht ergriffen hatte? Hinter ihm kam die Gruppe Jugendlicher zur Tür heraus und schoben ihn nach vorne.

Der Mann ging die drei Stufen nach unten und wandte sich Richtung Ausgang, wo eine Gruppe Japaner auf ihn zukam.

»Es geht los!«, flüsterte Noah. »Wir bleiben immer hinter ihm.« Nach einigen Schritten fiel Gina etwas ein: »*Merde,* ich habe die Cola nicht bezahlt.«

»Was?«

»Die Cola! Im Café! Ich habe sie nicht bezahlt. Ich muss zurück.«

»Spinnst du? Das ist doch jetzt egal«, antwortete Noah, während sein Blick dem schwarzen Mann folgte, der nun die entgegengesetzte Richtung zur Metro einschlug. »Wir müssen ihm auf den Fersen bleiben. Du weißt doch, was mein Großvater gesagt hat.«

»Jaja, es ist besser, im Rücken des Feindes zu stehen, als in seine Augen zu blicken«, seufzte Gina, bevor sie ihm folgte.

Es war verdammt anstrengend, den Mann nicht im Getümmel der Passanten und den Katakomben der Pariser Metro zu verlieren. Er war wie eine Schlange, die überall durchhuschte. Immer

wieder verloren sie ihn aus den Augen, als sei er lediglich ein Schatten, als sei er unsichtbar, als habe er die Fähigkeit, sich in Luft aufzulösen. Vielleicht ging er immer so durchs Leben. Mit diesem Blick wie ein Raubtier, nein, kein Raubtier, sondern vielmehr wie diese Tiere, die das fraßen, was die Löwen übrig ließen. Wie hießen die noch mal? Sie überlegte einige Minuten, dann fiel es ihr wieder ein: Hyänen.
»Gibt es in Marokko Hyänen?«, rief sie Noah zu.
»Was?« Er ließ den schwarzen Mann nicht aus den Augen, der nun abrupt am Bordstein stehen blieb.
»Gibt es in der Wüste Hyänen?«
Doch Noah konnte nicht antworten, denn plötzlich rannte der schwarze Mann auf die Straße. Er überquerte sie, ohne auf den Verkehr zu achten, drängte sich durch die hupenden Autos und ignorierte das laute Quietschen der Bremsen.
Was? Bildete er sich etwa ein, unverletzlich zu sein? Für einen Moment wünschte sich Gina, Schumi käme mit seinem Ferrari angerast und würde ihn einfach über den Haufen fahren. Dann wäre alles vorbei.
»Vite!« Aus den Augenwinkeln sah sie, dass die Ampel rot war. Doch Noah packte ihre Hand und zog sie hinter sich her mitten durch die Autos. Sie würde das nicht überleben. Mit Sicherheit nicht. Sie hätte Tom eine SMS zum Abschied schreiben sollen.
WASCHÖMD
War schön mit dir.
IEL&T
In ewiger Liebe und Treue.
Aber sie hatte keine Zeit, Angst zu haben, denn nun bog der Mann in eine Straße und ging zielstrebig auf ein Gebäude zu, in dem sich ein Reisebüro befand, dessen Tür offen stand, vermutlich um für Abkühlung zu sorgen. In der nächsten Minute war er darin verschwunden.

»Hey«, murmelte Noah und schüttelte den Kopf. »Was will der hier?«
»Vielleicht geht er weg aus Paris? Er verlässt die Stadt. Schließlich hat er jemanden umgebracht.« Gina spürte eine leise Hoffnung in sich hochsteigen.
Doch Noah antwortete nicht, sondern starrte auf das Schaufenster, hinter dem sie einen weißhaarigen Kopf auftauchen sahen. Die beiden Männer unterhielten sich. Nur worüber? Noah presste das Gesicht an die Scheibe, um etwas sehen zu können.
»Lass das! Was, wenn sie dich entdecken?«, wisperte Gina ängstlich.
»Nein. Ich möchte wissen, was er hier will.« Eine Weile sagten beide kein Wort. Durch die offene Tür drang erregtes Gemurmel.
»Verstehst du, was sie sagen?«, flüsterte Gina.
»Auf jeden Fall sieht es nicht so aus, als würde er die Stadt verlassen wollen.« Auf Noahs Gesicht trat ein nachdenklicher Ausdruck. »Hier geht es um etwas anderes.«
»Um was?«
Noah antwortete nicht.
Gina spürte, wie erneut die Panik in ihr hochkroch. Trotz der Hitze fröstelte sie. »Lass uns gehen. Ist mir egal, was dein Großvater für Ratschläge hat. Ich kann das nicht.«
Wieder reagierte Noah nicht. Er war voll darauf konzentriert zu verstehen, worüber die beiden Männer sprachen.
»Noah, was ist los?«
»Nichts.« Er drehte sich plötzlich zu ihr um und zog sie vom Fenster weg. »Es ist nichts.« Dann lief er in die entgegengesetzte Richtung los, aus der sie gekommen waren.
Gina folgte ihm. Sie spürte, dass ihn etwas beunruhigte, hatte aber nicht den Mut, ihn danach zu fragen. Sie hatte nur den ei-

nen Wunsch, den schwarzen Mann nicht mehr sehen zu müssen. Sie wollte ihn einfach aus ihrem Kopf verschwinden lassen. Nach einer Weile fragte sie: »Und wohin gehen wir jetzt?«
»Wir haben noch etwas zu erledigen«, antwortete Noah.

Noah kannte sich offensichtlich in der Stadt aus. Er bog von einer Straße in die andere, lief über rote Ampeln, drängte sich an Kreuzungen zwischen Autos hindurch und ließ sich von deren Hupen nicht irritieren. Gina folgte ihm. Sie war müde. Ihr war heiß. Ihr Kopf war leer. Sie hatte nicht einmal mehr die Kraft, Angst zu empfinden.
Wie lange sie gegangen waren? Sie hatte keine Ahnung. Irgendwann blieb Noah vor einem Haus stehen, dessen Verputz dabei war, sich vollständig abzulösen. Er zog einen Zettel aus der hinteren Hosentasche. »Hier muss es sein«, sagte er. »Rue Hyppolyte Maindron Nr. 22.«
»Was?«
»Die Straße, in der die Putzfrau wohnt. Madame Reno. Sie hält die Wohnung in der Rue Daguerre 13 in Ordnung.«
»Die Nichte der Concierge?«
»Ja.«
»Woher hast du die Adresse?«
»Von der Concierge.« Noah blickte sie triumphierend an. »Und wenn die Putzfrau einen Schlüssel hat, weiß sie vielleicht auch, wie dein Mädchen in die Wohnung gekommen ist oder wer sie ist.«
»Und warum erzählst du mir das erst jetzt? Du schleppst mich in diese Straße . . .«
»Wir müssen sie warnen. Die beiden Männer im Reisebüro haben gerade diese Straße erwähnt. Ich konnte nicht alles verste-

hen, aber das kann doch kein Zufall sein, oder? Er verfolgt dieselben Spuren wie wir.«

»Ich verfolge keine Spuren. Ich will nur nicht, dass er mich verfolgt. Das ist alles.«

»Ich wusste doch, dass unser Spiel irgendwann Erfolg haben würde«, ignorierte Noah das Entsetzen in Ginas Stimme.

Die Panik war ein dumpfer Schmerz in ihrer Brust. So musste es sich angefühlt haben, als das Messer das Mädchen traf.

»Das ist kein Spiel!«, zischte Gina. »Für mich ist das bitterer Ernst. Der reinste Horror. Ich habe das Mädchen gesehen. Wie er sie gepackt hat. Er hat mit dem Messer auf sie eingestochen. Er hat mein Handy aus der Wohnung gestohlen. Er verfolgt mich. Er weiß, was ich weiß. Er ist megagefährlich, wann kapierst du das endlich?«

»Es war ein Dolch«, verbesserte Noah.

»Also gut, ein Dolch, aber das ist kein Spiel, o. k.?«

Noah schaute lange auf den Zettel in seiner Hand. Er runzelte die Stirn und überlegte. Dann ging er kurz entschlossen auf die Haustür zu und klingelte.

»Was machst du da?«

Noah antwortete nicht, denn durch die Sprechanlage klang die Stimme einer Frau: »Wer ist da?«

»Madame Reno?«, rief Noah. »Es geht um die Wohnung in der Rue Daguerre.«

Die Minuten vergingen. Nichts geschah. Bis die Frau erstaunt fragte: »Was ist mit der Wohnung? Ist etwas passiert?«

»Das möchte ich Ihnen unter vier Augen erzählen.«

Einige Sekunden Stille, dann ertönte der Summer. Sie betraten den Hausflur und rannten die Treppe hoch.

Eine Frau stand vor der Tür. Sie war klein, extrem dünn und sah ihnen besorgt entgegen. »Was ist los? Was hat sie wieder angestellt?«

Von wem sprach sie?
Von dem Mädchen am Fenster?

»Es hat in der Wohnung gebrannt?« Madame Reno beruhigte sich nur langsam. Sie standen in einer winzigen Wohnung, die vollgestopft war mit billigen Möbeln, die drohten auseinanderzufallen. Zusammen mit dem abgenutzten Fußboden und den Spuren von Schimmel an der Zimmerdecke hinterließ sie einen Eindruck von Armut. »Und warum hat Pauline nichts davon gesagt? Oh Gott, wie soll ich das nur Monsieur Mazirh erklären?«
»Pauline?«, fragte Noah.
»Meine Tochter.«
Wussten sie endlich, wer das Mädchen war?
»Wann haben Sie sie zuletzt gesehen?«, fragte Gina aufgeregt.
»Sie ist vor circa zwei Stunden weggegangen. Warum?«
Nein. Pauline war nicht das Mädchen am Fenster. Gina schüttelte den Kopf.
»Wann waren Sie zuletzt in der Wohnung von Monsieur Mazirh?«, fragte Noah.
»Seit Wochen nicht mehr. Pauline ist für mich putzen gegangen. Sie brauchte das Geld.«
»Und wann hat sie dort zum letzten Mal sauber gemacht?« Erwartungsvoll sah Noah Madame Reno an.
»Sonntagabend. Warum?«
»Sonntag? Als es in der Wohnung gebrannt hat?«, wunderte sich Gina.
»Pauline war dort, als es gebrannt hat?« Madame Reno bekam keine Luft mehr. »Davon weiß ich nichts.«

»Und sie hat auch nichts über ein Mädchen in der Wohnung gesagt?«, fragte Noah nachdenklich.
»Was für ein Mädchen? Wovon sprecht ihr überhaupt? Was soll das alles?«
»Wo ist Ihre Tochter jetzt?«
»Ich weiß es nicht. Sie sagt mir nicht mehr, wohin sie geht.« So machen das also andere Jugendliche, dachte Gina, sie sagen einfach nicht, wohin sie gehen, und die Mütter überleben es trotzdem. O. k., sie werden hysterisch wie Madame Reno, aber sie überleben es.
»Vielleicht hast du ja Pauline am Fenster gesehen«, sagte Noah an Gina gewandt. Er vermied, ihr in die Augen zu sehen. »Das wäre doch eine Erklärung.«
»Eine Erklärung wofür?«, zischte Gina. »Dass ich mir das alles eingebildet habe? Und was sollte Pauline mit dem schwarzen Mann zu tun haben?«
»Schwarzer Mann? Welcher schwarze Mann? *Mon Dieu*, wovon redet ihr?« Madame Renos Stimme war schrill wie eine Sirene.
In diesem Moment hörten sie die Wohnungstür im Flur ins Schloss fallen.
»Das ist sie«, seufzte Madame Reno. »Gott sei Dank, mein kleines Mädchen, sie ist hier.«
Sie rannte aus dem Zimmer. Gina und Noah folgten ihr.
Aber es war kein kleines Mädchen, das im Flur die Schuhe auszog. Pauline war größer als Noah. Ihre langen Haare hingen wie ein rotes Tuch über den Rücken. Sie trug eine schwarz-weiß gestreifte Hose und dazu ein weißes Top, auf dessen Rücken zu lesen war *Stop following me*. Auf ihren Ohren saßen die Kopfhörer eines vorsintflutlichen Walkmans, aus dem ein dumpfer Bass ertönte.
Als Madame Reno rief »Pauline, *Dieu merci*, du bist da«, drehte

sie sich um. Obwohl das Mädchen die schwarze Baseballmütze tief ins Gesicht gezogen hatte, erkannte Gina sie sofort. Sie hatte das Mädchen schon einmal gesehen. In der Nacht des Feuers. Kurz bevor sie bewusstlos geworden war. Dasselbe Skateboard unter dem Arm, das nun an der Wand lehnte.
»Was ist los?«, fragte Pauline.
»Du weißt, warum wir hier sind«, bemerkte Noah.
Sie zögerte nur kurz, bevor sie antwortete: »Hat Karim Najah gefunden?«
»Wer ist Najah?«, fragte ihre Mutter entsetzt.
»Wer ist Karim?«, wollte Noah wissen.

☾

Achtzehn

Die Ereignisse waren schnell erzählt, andererseits ließen sie viele Fragen offen. Doch eines war klar: Es war für Gina eine Erlösung zu erfahren, dass das Mädchen tatsächlich existierte, dass sie jetzt ihren Namen wusste: Najah.
»Seid ihr Märchenfans?«, fragte Pauline.
Gina zuckte mit den Schultern und fand, dass Pauline eine von der Sorte war, die sich ständig wichtig machen musste. Noah schien das nicht zu stören.
»Wenn sie gut sind«, erwiderte Noah und grinste.
»Es war einmal ... *merde*«, Pauline saß im Schneidersitz auf ihrem Bett, nahm eine Haarsträhne in den Mund und begann, darauf herumzukauen wie auf einer roten Zuckerschlange. »Ich mache mich lustig über sie und vielleicht ist Najah ... Ach, was soll's. Also: Najahs Mutter starb, als sie dreizehn war. Und dann geschah, was in Märchen, ihr wisst schon, immer passiert. Ihr

Vater heiratete kurz darauf eine Frau, die nur fünf Jahre älter als Najah ist. Ich meine, da ist mir mein Alter ja noch lieber, der abgehauen ist, als er meine roten Haare gesehen hat.« Sie lachte kurz auf, aber es klang nicht fröhlich. »Jedenfalls, die böse Stiefmutter hasste Najah. Nicht nur das. Sie machte ihr das Leben zur Hölle. Dagegen ging es Aschenputtel richtig gut. Kennt ihr Aschenputtel?«

Gina nickte. Noah schüttelte den Kopf.

»Najah hat gesagt, dass es immer Streit gab. Ihr Vater muss die totale Memme sein, und damit er Ruhe hatte, war er damit einverstanden, dass seine Frau, die böse Stiefmutter, Najah nach Paris zu ihrem Bruder Ahmed schickte. Sie hat gesagt, dass es Najah dort gut gehen würde. Sie könnte einen Beruf lernen, was weiß ich. Aber als Najah hier ankam, war alles ganz anders.«

»Gehört Ahmed zu den Papierlosen?«, fragte Noah.

Pauline schüttelte den Kopf. »Nein. Sein Ziel ist es, so viel Geld zu verdienen, dass er als reicher Fürst nach Marokko zurückkehren kann.«

»Und Najah?«

»Najah hatte einmal einen Pass, bis dieser falsche Onkel ihn ihr weggenommen hat. Sie kann nicht weg aus Paris. Mann, Najah hat ihm vertraut. Er war ihre Familie, aber er wollte sie lediglich mit seinem Sohn Karim verheiraten.«

Karim. So hieß der schwarze Mann also.

»Wie alt ist Najah jetzt?«, fragte Gina.

»Fünfzehn.«

Fünfzehn! Najah war nicht viel älter als sie selbst und sollte heiraten. Das war unvorstellbar. Klar, Jungs, das war ein wichtiges Thema. Liebe, ja. Küssen, ja. Aber heiraten? Hey, dann war das Leben ja vorbei, noch bevor es überhaupt angefangen hatte.

»Und dann traf Najah Julien oder besser Julien traf Najah.« Pauline hob dramatisch die Hände. »Und das Schicksal nahm seinen Lauf.«

»Allah, ein Franzose?« Noahs Gesichtsausdruck ließ erkennen, dass er das für ein großes Problem hielt.

»Ein Franzose. Und was für einer. Ich sag doch, wie im Märchen. Reiche Familie. Armes Mädchen. Aschenputtel. Sein Vater ist Arzt am Krankenhaus Salpêtrière. Bildet sich ein, etwas Besseres zu sein, der Herr *docteur*.«

Gina zuckte zusammen. Das war die Klinik, in der Grand-père arbeitete. Paris war ein Dorf.

»*Bien sûr*«, fuhr Pauline fort, »wollte er nicht, dass sich Julien in eine Marokkanerin verliebt. Und deshalb . . .« Sie machte eine kurze Pause. ». . . hat er Julien vor drei Monaten in ein Internat nach England geschickt, so eine Harry-Potter-Einrichtung, wo er nun seine Zeit mit Quidditch bzw. Rudern verbringt.«

»Und Najah und Julien haben sich aus den Augen verloren?«, fragte Gina.

»Nein, sie haben sich geschrieben. Mann, das ist die ganz große Liebe, versteht ihr?«

Gegen diese Geschichte war die Sache mit Tom keine unglückliche Liebesgeschichte, sondern lediglich ein Schulterzucken wert. Und Gina verstand plötzlich. Große Liebe funktionierte offenbar nur, wenn man gegen den Rest der Welt dafür kämpfen musste. Das war große Oper.

»Und dann?«

»Karim ist noch nie aus seinem Kaff herausgekommen. Aber nun hat ihn sein Vater so schnell wie möglich nach Paris geholt, damit er Najah heiratet und sie nach Marokko bringt. Dort soll sie in seinem Wüstendorf Ziegen hüten.« Sie schüttelte schaudernd den Kopf.

Noah warf Gina einen Blick zu: »Nicht alle Marokkaner sind so. Und es gibt dort nicht nur Wüste.«

»Ihr seid alle Paschas«, erklärte Pauline, »herrschsüchtig und rücksichtslos.«

»Und weiter?« Gina wurde langsam ungeduldig.

»Es war eine Woche vor den Ferien, als sie das mit Julien herausgefunden haben. Sie kamen zur Schule. Sie standen vor dem Tor. Sie wollten Najah sofort nach Marokko zurückschicken.«

»Aber warum?«

»Najah hat versucht, es mir zu erklären. Sie hat Schande über die Familie gebracht. Dafür, sagte sie, werden sie mich töten.« Pauline schüttelte den Kopf und blickte Noah an, als sei er der schwarze Mann. »Seit wann verdient man den Tod, wenn man sich verliebt?«

Noah hob die Hände: »Dafür kann ich nichts.«

»Aber wer? Wer stand vor dem Tor?«, fragte Gina.

»Dieser heimtückische Onkel Ahmed und sein Sohn Karim. Als ich sie gesehen habe, wusste ich sofort Bescheid. Najah versteckte sich in der Schule. Meine Mutter putzt dort. Sie hat einen Schlüssel, und als es dunkel war, habe ich sie in die Wohnung in der Rue Daguerre gebracht. Monsieur Mazirh ist sowieso nie in Paris. Also eigentlich eine sichere Sache.«

»Aber wie hat ihr Onkel das mit Julien überhaupt herausgefunden?«, wollte Gina wissen.

»Er hat einen Brief entdeckt, den Najah in ihrer Schultasche hatte. Mann, in ihrem Liebeswahn hat Najah den immer mit sich herumgeschleppt, und als sie sich weigerte, Karim zu heiraten, haben sie ihr hinterhergeschnüffelt.«

»Wohin hat Julien die Briefe geschickt?«

»*Merde.* Ich war wirklich dumm, *quel idiot.* Hab nicht nachgedacht. Die Briefe kamen in die Rue Daguerre. Julien hat sie an Monsieur Mazirh adressiert. Auf dem Brief stand die genaue Adresse. So muss Karim darauf gekommen sein, dass Najah dort ist. Ich dachte, das Versteck sei sicher, aber ich habe mich getäuscht.«

Die Tür öffnete sich und Paulines Mutter steckte den Kopf zur Tür herein. Sie sah völlig aufgelöst auf. »Pauline, es ist wahr. Die Wohnung ist völlig ausgebrannt. Aber wie konnte das passieren? Warum hast du es mir nicht gesagt? Wie soll ich das Monsieur Mazirh erklären?«

»Ich habe das Feuer nicht gelegt«, murmelte Pauline.

»Ich werde die Stelle verlieren. Womöglich müssen wir den Schaden bezahlen.«

»Lass uns in Ruhe. Wir müssen etwas Wichtiges besprechen.«

»Aber wir brauchen das Geld.«

»Ich finde etwas anderes.«

»Aber . . .«

»Maman, hier geht es um Leben oder Tod. Da ist es doch völlig egal, was mit dieser Wohnung ist.«

Madame Reno verschwand. Und Gina begriff, dass Mutter und Tochter die Rollen vertauscht hatten. Das rothaarige Mädchen hatte ihre Mutter voll im Griff.

Pauline schaute nun von Noah zu Gina. »Jetzt seid ihr an der Reihe. Was wisst ihr über Najah? Habt ihr sie gesehen?«

Gina erzählte von dem Abend vor zwei Tagen. Wie Karim am Fenster gegenüber aufgetaucht war, wie er Najah angegriffen hatte und anschließend das Feuer ausgebrochen war.

»Und du hast wirklich gesehen, wie er mit einem Messer auf sie losgegangen ist?« Pauline konnte es nicht glauben

»Er hatte einen Dolch in der Hand. Sie stand vor ihm. Er . . .« Gina stockte und schloss die Augen. »Er hat sie genau in die Brust gestochen. Sie ist sofort umgefallen. Sie ist tot. Es tut mir leid.«

Pauline wurde blass und brach in Tränen aus. »Es ist meine Schuld, oder? Ich . . . ich habe nicht genug aufgepasst. Es war falsch, sie in diese Wohnung zu bringen.«

»Du wolltest ihr nur helfen«, erklärte Gina und legte tröstend einen Arm um Pauline.

»Aber jetzt ist er hinter Gina her«, unterbrach Noah sie. »Sie ist die einzige Zeugin. Jetzt müssen wir ihr helfen.«

Pauline beruhigte sich nur langsam. »Aber wie? Was können wir tun?«

»Wir müssen zur Polizei«, seufzte Gina. Sie sah keinen anderen Weg.

»Die Polizei? Die unternehmen doch nichts, wenn sie keine Leiche haben und niemand Najah vermisst gemeldet hat«, widersprach Noah.

»Aber Pauline weiß doch auch, dass Najah existiert hat«, wandte Gina ein. »Sie kann es bezeugen, dass sie dort gewohnt hat. Jetzt müssen sie uns glauben.«

»Gina hat recht«, nickte Pauline. »Polizisten sind zwar nicht unbedingt meine Freunde. Kaum sind meine Kumpels und ich irgendwo mit dem Skateboard unterwegs, tauchen sie auf, um uns zu verjagen. Wir sind für sie eine schlimmere Pest als die Tauben. Aber wie sollen wir sonst etwas gegen Karim unternehmen? Wir können doch nicht zulassen, dass er Gina verfolgt?«

»Außerdem«, Gina griff nach dem Rucksack, zog das Bündel heraus und hob es triumphierend in die Luft, »habe ich noch einen Beweis.«

Pauline riss ihr den blauen Stoff aus der Hand. »Das ist Najahs Schal.«

»Wo hast du den her?«, fragte Noah.

»Ich habe ihn in der Wohnung gefunden. Er lag unter einer Bodendiele im Flur.«

Für einen Moment herrschte Schweigen im Raum. Dann begann Pauline vorsichtig den Schal aufzuschlagen. Ein Bündel mit Umschlägen kam zum Vorschein.

»Die Briefe«, sagte Pauline schockiert.
»Warum hast du mir die nicht gezeigt?«, fragte Noah und Gina spürte, wie enttäuscht er war.
»Wir sind den ganzen Nachmittag Karim gefolgt. Ich hatte gar keine Zeit, dir die Briefe zu zeigen«, verteidigte sie sich.
»Keine Zeit? Mann, wir haben mindestens eine halbe Stunde in der prallen Sonne gesessen. Vielleicht hätten die Briefe uns einen Hinweis geben können? Du hast kein Vertrauen zu mir, oder? Denkst, ich bin nur ein Schuhputzer. Einer, der aus der Wüste kommt. Einer, der gar nicht das Recht hat, hier zu sein. Im Gegensatz zu dir. Du bist ja in Paris geboren. Ich aber gehöre zu den Aussätzigen, den Papierlosen.«
»Wieso sollte ich dir vertrauen? Wieso ausgerechnet dir, wenn ich nicht einmal mehr meinen Eltern vertraue? Nicht meiner Mutter, nicht meinem Vater, nicht einmal mir selbst. Alle erzählen mir ständig etwas über dieses beschissene Wort *Vertrauen*, aber keiner hält sich daran.«
»Allah sagt ...«
»Allah, Allah! Bleib mir mit dem vom Leib. Hat sich dein Allah etwa um Najah gekümmert? Nein! Hat er sie beschützt?«
»So funktioniert das nicht.«
»Mir doch scheißegal, wie was funktioniert.«
»Mann, regt euch ab«, unterbrach sie Pauline. »Wenn zwei sich streiten, freut sich der Dritte, und das ist in diesem Fall Karim.«
»Du hast recht«, sagte Noah. »Wir müssen uns etwas einfallen lassen, wie wir ihn überführen können. Die Polizei will uns ja nicht helfen.«
»Aber immerhin können wir jetzt beweisen, dass sie in der Wohnung war.« Pauline hob das Bündel hoch. »Wir haben die Briefe.«
Gina nahm sie ihr aus der Hand und packte sie zurück in den Rucksack. »Dann lass uns zur Polizei gehen.«

»Aber ohne mich.« Noah erhob sich. »Ich muss an meine Familie denken.«

Sie trennten sich vor der Haustür. Noah war still. Sein Gesicht hatte einen ungewohnt nachdenklichen Ausdruck. Kein Blick traf Gina. Kein Sprichwort zum Abschied. Warum ließ er sie plötzlich im Stich? Weil sie nichts von den Briefen gesagt hatte? »Sehen wir uns morgen?«, fragte sie, um etwas zu sagen.
»Der Weg in die Banlieue ist weit«, erklärte er.
Wo war das Lächeln von Johnny Depp? Noah wandte sich um, ohne Gina anzusehen. Kurz bevor er die Treppe zur Metro hinunterging, winkte er noch einmal: »*Salut*, Pauline.«
Er hatte sich nur von Pauline verabschiedet, nicht von Gina. Das gab ihr einen Stich ins Herz. Irgendwie hatte sie das verdammte Gefühl, dass sich alle Menschen von ihr abwandten. Was machte sie nur falsch?
»Netter Typ.«
»Ja.« Pauline hatte recht. Erst jetzt begriff Gina das. Noah war der Einzige gewesen, der ihr geglaubt hatte, der Einzige, der geholfen, der Einzige, der sie beschützt hatte.
»Lass uns gehen«, hörte sie Pauline entschlossen sagen. »Die Polizei muss Karim verhaften, bevor er dir etwas antun kann.«

Neunzehn

Die Sonne stand tief über den Dächern und warf lange Schatten über die Straßen von Paris. Mit Schrecken stellte Gina fest, dass es bereits kurz nach acht war. Ihre Mutter hatte mit Sicherheit versucht, sie auf dem Handy zu erreichen, und wusste nicht, dass es im Besitz des schwarzen Mannes war. Verschweigen war nicht immer eine Lösung. Es brachte Gefahren mit sich, wie Gina jetzt einsehen musste. Andererseits ... wenn die Eltern einem nicht helfen, zwingen sie einen, sein Leben selbst in die Hand zu nehmen, und sollten sich anschließend nicht beschweren.

»Du machst mich nervös«, sagte Pauline. »Warum schaust du immer wieder auf die Uhr?«

»Meine Mutter. Sie macht sich sicher Sorgen.«

»Mütter machen sich immer Sorgen. Sie haben nichts anderes aus der Evolution gelernt. Es ist einfach ihr Job, verstehst du?«

Schweigend gingen sie nebeneinanderher.

»Ruf sie halt an«, schlug Pauline vor.

»Ich weiß ihre Nummer nicht.«

»Das ist schlecht. Aber, hey, dafür gibt es heutzutage im Handy einen Nummernspeicher.«

»Karim hat mein Handy, hast du das vergessen?«

»*Merde*«, sagte Pauline.

Ja, *merde*.

Pauline hatte das Skateboard mitgenommen. Ab und zu fuhr sie ein Stück damit und übte komplizierte Drehfiguren.

»Wie war sie eigentlich so?«, fragte Gina.

»Wer?«

»Najah.«

»Najah? Sie ist, ich meine, war garantiert nicht so, wie du dir sie vorstellst. Also hundert Prozent heilig, verstehst du? Sie sah ja aus wie die Jungfrau Maria mit diesen Kleidern, aber am liebsten hätte sie Jeans getragen. Ich sag dir was, gegen ihre Familie sind unsere Mütter Weicheier und kein wirkliches Problem.« Pauline schwieg kurz. »Aber ich hatte nie eine bessere Freundin. Was allerdings nicht schwer ist, denn eigentlich hatte ich noch nie eine wirkliche Freundin. So eine, der man alles erzählt. Liegt vielleicht daran, dass ich keine Geheimnisse habe. Wozu auch? Ich habe nichts zu verheimlichen. Von mir kann jeder alles wissen.«

Gina dachte an das rote Herz, das sie aus dem Taxifenster geworfen hatte. Mit Sicherheit war es bereits platt gefahren. Ein schnelles Ende einer langen Freundschaft.

»Vielleicht haben wir uns deshalb so gut verstanden«, fuhr Pauline fort. »Najah hat immer die Wahrheit gesagt. Ich war mal in so einen Typen verknallt, weißt du. Der absolute Skateboardfreak. Und sie hat immer gesagt, dass der mich nur ausnutzt. Ich habe ihr nicht geglaubt. Aber am Ende hat sie recht behalten.«

»Ja«, erwiderte Gina. »Ich weiß, was du meinst.«

»Er hat einfach mit mir Schluss gemacht. An meinem Geburtstag.«

»Echt brutal.«

»Einfach so per SMS«, fügte Pauline hinzu. »Mann, war ich fertig. Ich bin als Erstes zu Najah gegangen und sie hat mich getröstet, obwohl ich sie einige Tage vorher noch beschimpft habe.«

Gina dachte an Marie. Hatte sie mit Tom vielleicht doch recht? Pauline riss sie aus ihren Gedanken. »Wir sind hier.«

Sie standen vor einem hässlichen mehrstöckigen Bau, der aussah, als sei er aus grauen Legosteinen zusammengesetzt worden. Lediglich ein schmales Schild wies darauf hin, dass es sich um eine Polizeistation handelte, genauer gesagt um das *Commissariat 14ème Arrondissement, Avenue du Maine 114–116.*

Ein trostloser Baum vor dem Gebäude ließ seine Äste hängen, als fühle er sich in der Nähe der Polizei unwohl.
»Gleich um die Ecke ist die Rue Daguerre«, erklärte Pauline. »Du bist dann schnell zu Hause und deine Mutter kann sich beruhigen. Du kommst ja lediglich zu spät, ich aber habe Najah in der Wohnung versteckt und die ist total ausgebrannt. Ich habe keine Ahnung, wie ich das meiner Mutter erklären soll.«
Vor der Tür parkte ein Polizeiwagen mit laufendem Blaulicht. Daneben stand ein Mercedes mit angeschalteter Warnblinkanlage.
Pauline blieb stehen und warf einen misstrauischen Blick auf das Gebäude. »Ich weiß nicht. Meinst du wirklich, es ist eine gute Idee, zur Polizei zu gehen?«
»Ich habe keine bessere. Du etwa? Karim will mich, die einzige Zeugin, beseitigen. Mein Leben ist in Gefahr.«
Pauline seufzte, folgte Gina jedoch, als diese das Foyer des Kommissariats betrat. Dabei stieß sie mit dem Fuß das Skateboard vor sich her, was auf dem Marmorboden ziemlichen Lärm machte. Das würde Ärger geben, dachte Gina und im nächsten Augenblick hörten sie schon jemanden rufen. »Stopp!«
Sie hielten gleichzeitig an und wandten sich um. In der Pförtnerloge erschien das Gesicht eines Polizisten, der Ähnlichkeit mit Ginas Religionslehrer hatte. Glatzköpfig, graue Bartstoppeln im Gesicht, als hätte er Schimmel in seinem Kabuff angesetzt.
»Was wollt ihr hier?«
»Ist Monsieur Ravel da?«, fragte Pauline betont cool. Sie gab dem Skateboard einen Stoß, kickte es nach oben und fing es mit einer Hand auf.
»Wer?«
»Monsieur Ravel. Der Polizist«, erklärte Gina.
»Weißt du, Mademoiselle, wie viele Polizisten es in Paris gibt? Mehr als Ratten, ha, ha, ha!« Der Mann lachte albern.

Pauline ging nahe an das kleine Fenster und sagte: »Wir müssen mit ihm sprechen.«

»Habt ihr einen Ausweis dabei?«

»Nein. Wozu auch?«, fragte Pauline.

»Ohne Ausweis . . .«

»Aber ich muss mit ihm reden. Es geht um Leben und Tod!«, rief Gina und spürte, wie ihr die Tränen in die Augen schossen.

Der Beamte sah sie einen Moment an und sagte dann: »Also gut, ich ruf mal oben an, ob Maurice da ist. Du sagst, du kennst ihn?« Gina nickte. »Er ist ein Freund meiner Mutter.«

Danach hörten sie ihm zu, wie er telefonierte: »*Oui, oui. Bien sûr, mon commissaire.*« Als er aufgelegt hatte, sagte er: »Ihr könnt hochgehen. Zweiter Stock links.«

Der Polizist, der sie oben erwartete, war nicht Monsieur Ravel. Er hatte auch keinerlei Ähnlichkeit mit ihm. Sein Haar war von einem schmierigen schmutzigen Grau, wie ein Putzlappen. Aus dem Augenwinkel nahm Gina wahr, dass der Aufschlag seiner speckigen Hose sich auflöste. Jegliche Hoffnung verschwand bei diesem Anblick. Er reichte einem gepflegt wirkenden Mann im schwarzen Anzug die Hand und sagte: »*Monsieur, le docteur*, seien Sie sicher, dass wir uns darum kümmern werden. Aber Sie müssen verstehen, dass . . .«

Der Mann jedoch fluchte, drehte sich um, und ging eilig die Treppe hinunter. Pauline sah ihm neugierig nach und wandte sich an den Beamten: »Gehört dem der Schlitten vor der Tür?«

Der gab jedoch keine Antwort, sondern fragte ungeduldig mit Blick auf eine Mappe in der Hand: »Was wollt ihr? Um diese Zeit haben wir keinen Besucherverkehr mehr. Nach acht müsst ihr zum *Commissariat Central*.«

»Es geht um eine Freundin von mir«, begann Pauline.
»Und?«
»Sie wurde ermordet.«
»Aha.«
»Nein, wirklich. Sie ... ich meine, sie war, sie war ... sie musste sich vor ihrem Onkel verstecken und nun ist sie tot.«
Der Beamte schlug die Mappe auf und hob seinen Blick nicht.
»Verstehen Sie nicht ...?« Paulines Stimme hob sich. »Sie ist vor ihm weggelaufen. Vor ihm und ihrem Bräutigam.«
»Panik kurz vor dem Altar?« Der Beamte grinste. »Sehr interessant, aber für verloren gegangene Bräute sind wir nicht zuständig. Vielleicht geht ihr besser zum Fundbüro.«
Einige Polizisten im Hintergrund, die das Gespräch verfolgt hatten, lachten laut.
»Aber sie haben sie umgebracht«, schrie Pauline, »kapiert ihr Idioten das nicht? Und jetzt ist meine Freundin hier in Gefahr.«
»Hey, hey, hör auf, mich zu beschimpfen. Wie heißt du eigentlich?«
»Aber sie hat recht«, mischte sich Gina ein. Sie bemühte sich, möglichst ruhig zu sprechen. »Er verfolgt mich.«
Sein gelangweilter Blick fiel auf sie. Sie war an der Reihe. Sie musste den Beamten überzeugen, sonst war sie verloren. »Der Brand vor zwei Tagen in der Rue Daguerre, haben Sie davon gehört?«
Er runzelte die Stirn. »*Oui.* Das ist ja schließlich hier gleich um die Ecke.«
»Da habe ich das Mädchen gesehen. In der Wohnung. Und dann kam dieser Mann, er heißt Karim, er ging mit einem Dolch auf sie los ...«
»Einem Dolch?«, unterbrach sie der Beamte. »Na, erzähl mir keine Schauergeschichten.«
»Es ist wahr, Sie können Monsieur Ravel fragen, und nun sucht

Karim nach mir. Ich bin die einzige Zeugin. Das habe ich alles schon Monsieur Ravel erzählt. Wenn sie ihn holen, er kennt mich.«
»Ravel ist nicht hier. Er wurde vor circa zehn Minuten von einer Frau abgeholt. Scheint ein heißes Date zu werden, so eilig wie die beiden es hatten. Aber wenn du ihm schon alles erzählt hast, was willst du dann noch hier?«
»Er hat mir nicht geglaubt, aber jetzt haben wir Beweise.«
»So, er hat dir nicht geglaubt? Und warum sollte ich das tun?«
»Weil es um Leben und Tod geht! Kapieren Sie das nicht?!«, schrie Pauline und knallte das Skateboard auf den Marmorfußboden.
»Ihr solltet nicht so viele Krimis schauen oder diese Spiele auf dem Computer spielen.«
»Aber es ist die Wahrheit«, sagte Gina flehend. Sie hatte Mühe, die Tränen zu unterdrücken.
»Warum hat sich Ravel dann nicht darum gekümmert, wenn es doch, wie ihr sagt . . .«, er grinste ekelhaft, »um Leben und Tod geht?«
»Weil . . .«, Gina begann zu stottern, »weil, er sagte, wenn niemand das Mädchen als vermisst gemeldet hat, dann kann die Polizei nichts unternehmen.«
»Da hat er recht.« Der Beamte zuckte gleichgültig die Schultern.
»Aber wir«, schrie Pauline, »wir melden sie doch jetzt als vermisst.«
»Seid ihr mit dieser . . . wie heißt sie?«
»Najah.«
»Najah? Ihr erzählt mir hier Märchen, oder?«
»Nein.« Gina bemühte sich erneut, ruhig zu bleiben.
»Und seid ihr mit dieser Najah verwandt?«
»Nein.«
»Dann könnt ihr sie auch nicht als vermisst melden.«
»Aber sie ist doch verschwunden.«

»Ob jemand verschwunden ist, das können nur die beurteilen, die mit der betreffenden Person in einem Haushalt leben oder in regelmäßigem Kontakt stehen.«

»Hey, ich stehe in regelmäßigem Kontakt mit ihr«, rief Pauline. »Ich habe ihr Essen gebracht in die Wohnung. Und jetzt . . .«

»Du bist erst . . . wie alt bist du?«

»Vierzehn.«

»Aha. Also vielleicht kommst du besser mit dem Onkel deiner Freundin vorbei.«

»Aber er ist es doch, vor dem sie weggelaufen ist, *merde*. Verstehen Sie denn gar nichts? Haben Sie Watte in Ihren Ohren, oder was?«

Der Mann zuckte mit den Schultern. »Hey, hey, immer mit der Ruhe. Wir bringen täglich Kinder zu Eltern zurück, vor denen sie weggelaufen sind. Der Mann gerade zum Beispiel. Dem ist der Sohn irgendwo am Meer verloren gegangen und jetzt meldet er ihn in Paris vermisst. Was will ich hier schon machen? Bis zum Meer sind es Hunderte von Kilometern. Nicht, dass ich nicht Lust hätte, dorthin zu fahren. Aber unsereins kann sich das nicht leisten wie *Monsieur, le docteur*.«

»Das ist zum Wahnsinnigwerden.« Pauline lief rot an. »Was seid ihr nur für Scheiß. . .«

»Hey, hey, sei vorsichtig, was du sagst.« Der Beamte stellte sich jetzt direkt vor Pauline, die keinen Zentimeter zurückwich.

Gina zuckte zusammen. Das war ihr Ende. Jetzt würden sie es nicht schaffen, den Polizisten zu überzeugen. Sie zog Pauline am T-Shirt. »Pauline, wir gehen. Das hat keinen Sinn. Wir suchen nach Monsieur Ravel. Meine Mutter hat vielleicht seine Nummer.«

»Nein, ich möchte, dass uns jemand hilft.« Ein Mädchen wie Pauline brach nicht in Tränen aus, sondern begann, auf Französisch zu fluchen.

Das Telefon klingelte. Die Hand des Mannes lag bereits auf dem Hörer, als er sich abwandte und gleichgültig zu Pauline sagte: »Genau, komm mit deiner Mutter wieder.« Und dann schlug er ihnen die Bürotür vor der Nase zu.

»Idioten sind das!« Pauline fuhr in schnellem Tempo die Straße entlang, wobei sie immer wieder den Bürgersteig hoch- und runterkrachte. »Einfach Idioten! Wofür halten die uns eigentlich? Für irgendwelche Spinner?«
»Für Teenager!« Gina hatte Mühe zu folgen.
»Genau. Teenager, Spinner, Irre, das ist für die dasselbe.«
»Und nun?«
»Was und nun? Was fragst du mich?«
»Aber wir müssen doch etwas tun.« Gina konnte sich nicht vorstellen, dass sie jetzt einfach zurück in Nikolajs Wohnung gehen sollte. Angst überkam sie. »Aber wir können doch nicht einfach aufgeben. Karim ist hinter mir her.«
»Weißt du was? Ich habe keine Ahnung, wie ich dir helfen soll. Najah ist tot.« Sie gab dem Skateboard einen Stoß. »Vielleicht solltest du dasselbe machen wie dein Freund. Nach Hause gehen und schlafen und morgen rufst du diesen Ravel an.«
»Und was, wenn es ein Morgen für mich gar nicht gibt?«
»Dann weiß ich auch nicht weiter«, sagte Pauline genervt.
»Kannst du auch etwas anderes als Fragen stellen?«
»Was ist mit diesem Julien? Vielleicht hat der eine Ahnung, wie . . .«
»Der hängt irgendwo in Südfrankreich herum und amüsiert sich.«
»Vielleicht weiß er mehr und kann uns helfen, Karim zu überführen.«

»Wie denn? Er ist doch der Grund für all das. Dass Najah tot ist und Karim dich verfolgt.«
»Aber dennoch . . . ich meine, wenn dieser Julien sie wirklich liebt . . .«
»Was verstehst du schon von der Liebe? Oder ist dieser Noah, mit dem du da rumhängst, vielleicht dein Typ?«
»Er ist ein Freund.«
»Ein Freund. Was denn? Geht ihr miteinander? Lass die Finger davon. Du siehst doch an Najah, dass Männer nur Unheil anrichten. Egal, ob sie Julien oder Karim heißen. Ob sie Geld haben oder Ziegen hüten. Meinst du etwa, der rettet dich, bringt dich auf seine Arche, nur weil er Noah heißt?«
»Was regst du dich so auf? Du bist doch überhaupt schuld, dass Najah tot ist. Hättest du sie nicht in diese Wohnung gebracht, wärt ihr gleich zur Polizei gegangen oder zu irgendeiner Hilfsorganisation, die sich um Mädchen wie Najah kümmert. So etwas gibt es doch sicher auch in Paris.«
Pauline blieb abrupt stehen. Ihre roten Haare glänzten im Licht der untergehenden Sonne vor dem tiefblauen Himmel über Paris glutrot.
»Erzähl du mir nicht, woran ich schuld bin oder nicht! Weißt du, wie du mir vorkommst? Wie ein Kamel. Jawohl. Du trabst hinter diesem Noah her und jammerst die ganze Zeit, wie schlimm alles ist. Klar ist es schlimm. Sag mal, wo kommst du überhaupt her? Aus dem Schlaraffenland? Sieht doch jeder, dass deine Eltern dich total verwöhnt haben. Du kennst das richtige Leben ja gar nicht. Das, was Najah zugestoßen ist, das passiert Tausenden, ach was, Millionen von Mädchen auf unserer schönen Erde. Und da kann kein Gott, kein Allah, kein Amulett etwas dagegen machen . . .«
»Weiß ich doch!«, schrie nun Gina. »Weiß ich doch selbst.«
»*Laisse-moi tranquille*«, brüllte Pauline, drehte sich um, knallte

das Skateboard auf das Trottoir, holte Schwung und weg war sie.

☾

Zwanzig

Die Straßen in Paris waren unendlich lang. Obwohl die Rue Daguerre nur um die Ecke lag, wie Pauline es formuliert hatte, dauerte der Rückweg mehr als eine halbe Stunde. Gina war völlig erschöpft und ihr taten die Beine weh vom Laufen. Auch Pauline war gegangen, hatte sie im Stich gelassen. Als sie auf der Höhe von Monsieur Saïds Laden war, hielt Gina unwillkürlich Ausschau nach Noah. Doch er war nirgends zu sehen. Natürlich nicht, er war zurück in die Vorstadt gefahren und aus irgendeinem Grund sauer auf sie. Monsieur Saïd nickte ihr durch das Fenster seines Ladens zu, kam aber nicht heraus, um sie zu begrüßen. Sie fragte sich, ob er je Feierabend machte. Musste er wohl. Immerhin hatte er Noah gestern vor der Tür stehen lassen.
Langsam ging sie auf das Haus zu, in dem Nikolajs Wohnung lag. Es fiel ihr schwer, das Haus Nr. dreizehn nicht anzustarren. Noch hatte sie die Hoffnung nicht aufgegeben, Najah könnte wieder dort oben am Fenster in vierten Stock stehen. Ja, sie wusste, dass dahinter nur ein vom Ruß verschmiertes Zimmer lag, aber dennoch ließ die Frage sie nicht los. Was war mit Najahs Leiche passiert?
Als sie vor der Haustür ankam, blieb sie einige Sekunden stehen, holte tief Luft und biss die Zähne aufeinander. Sie versuchte, ihren Kopf klar zu bekommen und sich auf die Auseinandersetzung mit ihrer Mutter vorzubereiten. O. k., es war ziemlich rücksichtslos gewesen, sich den ganzen Tag nicht zu melden.

Sie wusste, dass ihre Mutter sicher schon halb wahnsinnig war vor Angst, aber, Gina spürte es ganz deutlich, sie hatte ihrer Mutter noch nicht verziehen.

Als sie dann jedoch mit klopfendem Herzen Nikolajs Wohnung betrat, war alles ruhig. Wie ausgestorben. Eine Leere lag über dem Appartement vergleichbar mit der Stille der Ewigkeit.

»Maman?«

Niemand antwortete.

Ihr Blick fiel auf die Standuhr. Es war kurz vor neun. Verdammt noch mal, wo war sie denn? Seit sie in Paris angekommen waren, trieb sich ihre Mutter mit diesem Schleimer von Regisseur in der Großstadt herum, in Cafés, Bars, Restaurants. Sie trank vermutlich Alkohol, rauchte diese stinkenden Gauloises und . . . nein, mehr wollte sich Gina nicht vorstellen.

Am Spiegel steckte noch der Zettel mit der Adresse vom Theater. Sie würde ihren Eltern noch eine Chance geben. Man konnte zwar nicht mit ihnen leben, ohne sie aber auch nicht. Gina wählte die Nummer.

Nichts.

O. k. Die nächste Chance bekam ihr Vater. Dasselbe Spiel, nur eine andere Nummer. Auch hier meldete sich lediglich die Mailbox.

Gina schaffte es gerade so, die Tränen zu unterdrücken. Paulines Worte gingen ihr nicht aus dem Kopf, dass sie ein Jammerlappen war. Nein, sagte sie sich, das sind keine Tränen der Enttäuschung, der Angst oder der Einsamkeit. Es sind Tränen der Wut. Mit Recht. Sie hatte das verdammte Recht, wütend auf ihre Eltern zu sein oder etwa nicht? Niemand war da, um ihr diese Frage zu beantworten.

Unschlüssig stand sie im Flur herum. Es gab nur noch einen, den sie anrufen konnte. Tom. Sicher hatte er schon Hunderte von SMS auf ihrem Handy hinterlassen und wunderte sich, dass

sie sich nicht meldete. Seine Nummer kannte sie auswendig. Ihr Herz klopfte. Sie hatte ihm so viel zu erzählen. Es klingelte nur zweimal und da war sie, seine Stimme . . . »Hallo?«
»Hi, Tom! Ich bin's.«
»Ich bin's? Kenn ich nicht.« Er lachte.
»Gina.«
»Gina? Gina? Welche Gina.«
Wollte er sie ärgern? Gina griff nach dem Amulett an ihrem Hals. Ob das auch in der Liebe half?
»Gina Kron. Aus deiner Parallelklasse. Du hast gesagt, du willst dich bei mir melden.«
»Wollte ich das?«
Wieder dieses alberne Lachen. Gehörte das wirklich zu Tom? Der einen Stern nach ihr benannt hatte?
»Lass ihn sausen«, hörte sie plötzlich wieder Maries Stimme. »Hey, Gina, du bist so ein tolles Mädel. Wenn du willst, kannst du tausend andere und viel bessere Typen haben, die auf dich abfahren. Du hast es doch nicht nötig, diesem dämlichen Kerl nachzulaufen. Besinne dich auf deinen Stolz, lass los und stürz dich ins Leben!«
Genau das hatte Marie zu ihr gesagt. Mann war sie sauer gewesen. Das wollte sie doch von ihrer besten Freundin nicht hören, sondern etwas anderes wie »Ruf ihn an. Frag ihn, ob er mit dir ausgeht. Hast du nicht gesehen, wie er dir zugelächelt hat? Ich glaube, der steht auf dich. Ganz sicher.«
»Hey, ist da noch jemand?«, hörte sie Tom rufen. »Wie war noch mal dein Name? Dschinni? Wie die aus der Wunderlampe?«
Gina ließ den Hörer auf die Gabel fallen. Sie rutschte einfach auf den Boden und blieb sitzen. Das also bedeutete die Ewigkeit. Ewigkeit, das war grenzenlose Einsamkeit. Das war, wenn man sich als Punkt im Universum fühlte. Klein. Unbedeutend. Eine Null.

Zum Teufel mit allen!
Langsam band sie die Chucks auf, zog sie von den Füßen und schleuderte sie in die Ecke. Etwas ging schief in ihrem Leben. Es brach auseinander. Zerbröckelte. Erst zog ihr Vater aus, dann der Streit mit Marie. Noah hatte sie im Stich gelassen. Und Pauline, Pauline war eine hysterische Hexe. An den schwarzen Mann, diesen Karim, wagte sie erst gar nicht zu denken.
So saß sie eine Weile auf dem Parkett und lauschte unter dem Ticken der Standuhr ihren eigenen Gedanken. So ein Gehirn war absolut nervtötend. Es quatschte, quatschte, quatschte. Und es gab keinen Knopf, mit dem man es abschalten konnte. Klick, aus! Ende!
Aber etwas anderes konnte sie.
Gina stand auf, ging ins Schlafzimmer, holte den iPod aus ihrem Rucksack und zog den Kopfhörer auf. Anschließend kehrte sie in den Salon zurück, nahm dort auf dem breiten Fensterbrett Platz, zog die Beine an, drückte ihr Gesicht an die Scheibe und stellte den iPod auf Zufall.
Als der langsame Rhythmus von Katie Melua erklang, schraubte sie die Lautstärke so hoch, dass die Musik ihr Grübeln übertönte. Ha! Das hatten sie davon. Jetzt mussten die Gedanken endlich die Klappe halten.
Die Straße unter ihr spulte ihr abendliches Programm ab. Die Ladenbesitzer schlossen ihre Türen. In den Cafés trafen sich Pärchen und versuchten, den letzten Rest der Abendsonne zu erwischen. Ab und zu ratterte ein Moped vorbei, ein Auto hupte, Baguette wurde in Tüten nach Hause getragen. Monsieur Saïd räumte die letzten Obstkisten weg.
I'm sittin' in the window of a street café,
Watchin' you walking by each day . . .
O. k., sie war einsam. Allein. Bedauernswert. Erbärmlich. Ultramegaextrahypereinsam. Man hatte sie im Stich gelassen. Sie

verraten. Sie . . . Paulines rote Haare tauchten vor ihr auf . . . sie beschimpft . . .
Dann doch wieder der Blick auf die Wohnung gegenüber.
Most guys advertise
By making eyes and telling lies
Belogen, betrogen.
Ihre erste große Liebe stand auf der Flopseite ihres Lebens. Andererseits . . . Ginas Gedanken verdrängten nun wieder Katie Melua aus dem Bewusstsein. Große Liebe wie Romeo und Julia, Julien und Najah war offenbar lebensgefährlich.
Sie, Gina aber war nicht tot. Niemand hatte versucht, sie mit einem Dolch zu erstechen. Noch nicht!
Und sie hatte auch nicht die Absicht, an gebrochenem Herzen zu sterben. Das, was sie jetzt fühlte, war nur ein Anfall von Liebe, ein gefährlicher Psychovirus, der sich im Herzen und im Verstand festsetzte. So etwas wie Malaria. Gerade in der Pubertät hoch ansteckend. Aber es würde vorbeigehen. Es musste vorbeigehen. Sie hatte noch genügend andere Sorgen: Stress mit den Eltern, Krise in der Freundschaft, einen Großvater, der nichts mehr mit ihr zu tun haben wollte, eine Mutter, die mit einem Lackaffen ausging. Das war 'ne ganze Menge, dafür dass sie Ferien hatte. Es war vielleicht keine Story, aus der Opern oder Märchen entstanden, aber diese Probleme waren Wirklichkeit.
Und die große Liebe? Sie musste einfach warten. Große Liebe musste Widerstand überwinden. Najah und Julien konnten sich auch nicht sehen, nur Briefe schreiben.
Briefe.
Hey! Sie hatte noch die Briefe in ihrem Rucksack.
Sie rannte in den Flur, wo ihr Rucksack neben der Kommode lag. Das Bündel, eingewickelt in das blaue Tuch, befand sich ganz unten. Ja, sie wusste, das war falsch. Sie rollte den Stoff

langsam auseinander. Der Packen Briefe fiel heraus. Insgesamt fünf. Gina nahm sie mit in den Salon, setzte sich auf das Fensterbrett und begann zu lesen. Briefgeheimnis hin oder her. Irgendwie ging es ja noch immer um Leben oder Tod, und wenn die Polizei nicht bereit war zu helfen, musste man die Gesetze übertreten. Wie Noah, der lediglich zu den Papierlosen gehörte, weil er sonst keine Chance im Leben hatte.

☾

Einundzwanzig

Liebste Najah,

ich sitze allein am Strand, denn ich muss nachdenken. Es ist früh am Morgen. Die beste Zeit, um Entscheidungen zu treffen. Stell dir vor, die Wellen, der Himmel, der Sand. Du und ich. Ich habe das Gefühl, dass das Meer mir allein gehört.

Gina blickte auf. Sie sollte das nicht lesen. Sie würde nichts finden, das ihr weiterhelfen würde, das Najahs Mörder belasten könnte. Doch sie wollte nicht aufhören. Genauso gut könnte man ihr verweigern, ein Buch bis zum letzten Satz zu lesen, das Ende eines Filmes zu schauen.

Ich kann an nichts anderes denken als an dich. Wenn ich morgens aufstehe, mich anziehe, Zähne putze, esse, trinke. Wenn mein Vater mich strafend anblickt, denke ich, warum sieht er nicht in meinen Kopf, mein Herz? Hört er nicht den einen Gedanken: Najah! Najah! Najah!
Ich habe Angst, verrückt zu werden vor Sehnsucht.

Und dann fragt meine Mutter, warum dieses Mädchen? Hier am Strand laufen so viele hübsche Mädchen herum. Muss es diese eine sein?
Dann sage ich nur: »Ja.«
»Warum?«, fragt sie.
Und ich antworte: »Ich weiß es nicht.«
Und weiß es doch nur zu gut.
Weil du meine Worte erkennst, noch ehe ich sie gesprochen habe. Weil du mich umgekehrt siehst, von innen nach außen. Weil du mir Dinge sagst, die wie die Sterne für die Seefahrer sind. Du gibst die Richtung vor. Ja, ich weiß, du lächelst jetzt und meinst, das sei Kitsch. Allein schon, wie du dieses Wort aussprichst. Kitsch. Das macht mich verrückt.
Meine Mutter meint, ich sei zu jung für die Liebe und es könnte nie gut gehen.
Als hätte ich eine Wahl. Oh, sie weiß nicht, wie vernünftig ich bin, wenn ich mit dir zusammen bin. Sie ahnt nicht, dass ich dich noch nie geküsst habe.
Sie meinen es nur gut, erklärst du. Deine Familie meint es nur gut mit dir und dass ich darüber glücklich sein soll. Du weinst und sagst, ich habe niemanden mehr, der sich um mich sorgt, und wir dürfen nicht zu viel verlangen vom Leben.
Aber ich verlange so viel, weil ich nicht anders kann, Najah. Und ich weiß, dass du mich in diesem Augenblick brauchst. Dass du geflohen bist, fliehen musstest wegen mir. Und da erwarten alle, dass ich hier sitze und abwarte? Ich habe meiner Mutter davon erzählt. Alles, was sie sagte, war, misch dich da nicht ein. Das sind andere Menschen, andere Sitten, eine andere Kultur.
Aber keine anderen Gefühle, habe ich geantwortet. Ihre Angst ist die gleiche wie unsere, ihre Liebe gleicht meiner, ihre Hoffnungen fühlen sich nicht anders an als die aller Menschen auf

dieser Erde.
Deshalb kann ich nicht länger hierbleiben. Ich habe mich entschieden. Ich fahre zurück nach Paris. So bald wie möglich. Wenn meine Eltern nicht da sind. Dann gehe ich.
Das soll ich nicht tun, höre ich dich sagen. Meinst du, das ist Liebe, wenn man schon immer weiß, was der andere sagen will? Muss es wohl.
Aber diesmal darf ich nicht auf dich hören. Ich kann nicht anders. Wenn du diesen Brief bekommst, bin ich vielleicht schon in Paris und treffe dich in der Rue Daguerre.
Julien

Der letzte Brief. Er war datiert vom 10. Juli, vor vier Tagen.
Gina saß auf dem Fensterbrett und starrte hinaus auf die Straße. Ein kräftiges Abendrot überzog den Himmel und tauchte die Dächer von Paris in ein blutiges Licht. Vor zwei Tagen war das einfach nur eine Straße gewesen, die Leute da unten irgendwelche Leute. Und jetzt hatte sich alles geändert. Monsieur Saïd stand vor seinem Gemüsestand und starrte die Straße hinunter. Dann wandte er sich plötzlich um und verschwand in seinem Laden.
Ich habe Angst, verrückt zu werden vor Sehnsucht.
Noch vor wenigen Tagen hätte sie gesagt, dass dieser Julien einen an der Klatsche hatte. So ein Brief war nicht cool. Er war peinlich. Megapeinlich. Flopliste Nr. 1.
Aber das war vor einigen Tagen gewesen. Da wusste sie noch nicht, dass es Liebesdramen nicht nur in Romanen gab, in Filmen, in der Oper. Sondern dass auch in der Wirklichkeit ein Menschenleben davon abhängen konnte.
Aus der Ferne hörte sie das Telefon klingeln.
Julien war auf dem Weg nach Paris. Oder bereits hier in der Stadt! Mit Sicherheit würde er zuerst in die Rue Daguerre kommen. Er glaubte ja, dass Najah hier auf ihn wartete.

Der Anrufer gab nicht auf.
Vielleicht war es Tom, dem es leidtat. Nein, er würde keine Chance bekommen, es wiedergutzumachen. Ha! Nach dem Brief wusste Gina nun, wie wahre Liebe sich anhörte. Auf keinen Fall wie *Wie war noch mal dein Name?*.
Das Telefon im Flur klingelte und klingelte.
Sie sah auf die Uhr. Es war kurz vor zehn.
Wo blieb Maman?
Gina erhob sich, rannte in den Flur und starrte den schwarzen altmodischen Apparat an. Das Läuten war beängstigend schrill, als könnte man bereits am Klingeln hören, ob es gute oder schlechte Nachrichten waren.
Zögernd nahm Gina den Hörer ab.
»Hallo?«
»Gina?«
Die Stimme kam ihr bekannt vor, aber zu wem sie gehörte ... keinen blassen Schimmer.
»Wer spricht denn da?«
»Hakima.«
»Hakima?«
»*Oui!*«
»Woher hast du diese Nummer?«
»Von Monsieur Saïd.«
Der Gemüsehändler war offenbar tatsächlich nicht nur die Seele der Rue Daguerre, sondern auch die Zeitung, Telefonbuch, Psychiater, Spitzel.
»Was ist los?«
Hakimas Stimme zitterte, als sie fragte: »Wo ist Noah?«
»Noah?«, wunderte sich Gina.
»Ja, er ist nicht nach Hause gekommen.«
»Aber er müsste schon längst bei euch sein.«
»Hat er gesagt, dass er nach Hause wollte?«

»Ja.«

Hatte er oder nicht? Gina hatte es vergessen. Sie erinnerte sich nur noch an seinen verletzten Blick.

»Aber er ist nicht da«, hörte sie Hakima. »Und der letzte Bus ist bereits weg. Ich dachte, er sei wieder einmal bei Monsieur Saïd, aber der hat ihn den ganzen Tag nicht gesehen.«

»Er war mit mir zusammen.«

»Meine Mutter macht sich fürchterliche Sorgen. Normalerweise ruft er an, wenn er in der Stadt bleibt. Wo kann er nur sein?«

»Keine Ahnung, Hakima. Es ist drei Stunden her, dass wir uns getrennt haben.«

Hakimas Stimme zitterte. Weinte sie? »Ich gebe dir unsere Nummer. Bitte ruf an, wenn du etwas von ihm hörst.«

»Aber ich glaube nicht, dass er sich bei mir meldet.«

»Wer weiß. Er hat sich solche Sorgen um dich gemacht.«

Ginas Herz klopfte aufgeregt.

Hakima schwieg kurz und sagte dann so leise, dass Gina sie kaum verstand: »*Salut.*«

»Hakima?«

Keine Antwort.

Das Gespräch war beendet.

☾

Zweiundzwanzig

Die Wohnung ihrer Großeltern lag auf der anderen Seite der Seine in der Rue Beethoven im 16. Arrondissement. Das riesige Appartement gehörte seit der Zeit vor dem Krieg der Familie ihrer Mutter.

Als der Taxifahrer vor der Hausnummer zehn anhielt, schaute

Gina aus dem Fenster zu dem vierstöckigen Gebäude hoch. Nichts hatte sich verändert. Als sei sie nie weg gewesen. Gina liebte dieses Haus und die Erinnerungen, die sie damit verband. Bis ihre Großmutter starb, damals war sie sechs Jahre alt gewesen, hatte sie hier mit ihren Eltern jeden Sommer verbracht. Von hier aus waren sie in das Ferienhaus in Südfrankreich aufgebrochen. Ihre Erinnerungen waren mit Sonne, Strand, blauem Himmel und einer großen Familie verknüpft. Dann starb Grand-mère und ihre Mutter entzweite sich mit ihrem Vater. Aber warum? Warum hatten sie sich gestritten? Es war Zeit, dass sie den Grund dafür erfuhr.
Und wenn Grand-père nicht zu Hause war?
Was, wenn er da war?
Würde er überhaupt mit ihr sprechen wollen?
Würde er sie erkennen?
Und hatte er sich verändert? Oder war er noch immer derselbe wie vor acht Jahren. Als Arzt war er sehr beschäftigt, und wenn sie zu Besuch waren, kaum zu Hause gewesen, aber Gina hatte nicht vergessen, wie er ihr ab und zu über den Kopf strich, sie hochnahm oder Fragen stellte, wenn sie alleine waren. Er ging mit ihr am Ufer der Seine spazieren, wo sie nie viel sprachen, aber manchmal waren sie stehen geblieben und hatten hinüber zum Eiffelturm geschaut.
Vielleicht besaß Hakima hellseherische Fähigkeiten, aber sie, Gina, nicht. Sie konnte sich auch nicht auf einen Allah stützen, aber sie hatte etwas anderes: Mut.
O.k., es war der Mut der Verzweiflung, aber er zählte trotzdem.
Da stand der Name auf dem Klingelschild: Madame und Monsieur Bernard. *Mon Dieu*, war sie aufgeregt. Sie würde ihn gleich sehen. Ihren Großvater. Vor Aufregung ballte sie die Fäuste. Wenn ihre Mutter das erfuhr, war die Hölle los. Doch zum Teufel, sie war alt genug, ihre eigenen Entscheidungen zu

treffen. Wie Hakima es gesagt hatte. Es war ihre Entscheidung, ob sie ihren Großvater besuchte oder nicht. Sie holte tief Luft und drückte auf den Klingelknopf. Sie wartete. Sie drückte erneut. Er musste einfach da sein. Bitte!
Plötzlich hörte sie ein Krachen in der Sprechanlage und eine tiefe Stimme: »*Oui?*«
Er war es!
Grand-père!
Es war seine Stimme. Immer ein wenig streng. Immer kurz angebunden. Er war keine Fantasiegestalt. Er war Wirklichkeit. Sie hatte tatsächlich einen Großvater in Paris.
Was sollte sie sagen?
»*Salut.*«
»*Allô?*«
»Grand-père, ich bin es, Gina.«
Keine Antwort.
Hatte er sie nicht verstanden? Wie alt war er jetzt? Vielleicht hörte er schlecht.
»Gina, deine Enkelin, *petite-fille*«, rief sie lauter, den Mund fest an die Sprechanlage gepresst.
Dann hörte sie den Summer. Sie warf sich gegen die Tür und betrat das Gebäude.
Gina holte tief Luft. Dieser Geruch im Hausflur. Alles noch wie damals. Sie rannte die Treppe hoch.
Und da stand er im dritten Stock in der Tür. Unverändert. Wie sie ihn in Erinnerung hatte. Anzug, Krawatte, weißes Hemd. Nein. Nicht ganz. Seine Haare waren weniger geworden, weißer und hier und da besaß er eine Falte mehr, aber sein Lächeln war immer noch dasselbe. Sie hatten sich schon immer ohne viele Worte verstanden und vielleicht war das das Problem ihrer Mutter. Dass diese zu viel redete.
Freute er sich, sie zu sehen?

»Hallo«, sie brachte kaum einen Ton heraus.
»*Bonsoir, ma petite*«, sagte er.
Gina brach in Tränen aus.
Da nahm er sie endlich in die Arme.

»In was für eine Geschichte bist du nur geraten?« Ihr Großvater schüttelte den Kopf, als Gina ihren Bericht beendete, und nach einigen Minuten des Nachdenkens fragte er: »Und wo bist du den ganzen Tag gewesen? Deine Mutter hat angerufen.« Er strich sich über die weißen Haare. Seine Hand zitterte.
»Maman? Ihr habt miteinander gesprochen?«
»Sie sucht dich in der ganzen Stadt, sie ist halb wahnsinnig vor Angst.«
»Aber warum . . .?«
»Hast du den Zettel nicht gelesen, den sie dir geschrieben hat?«
»Was für ein Zettel?«
»Er soll in der Küche liegen. Sie hat so schnell gesprochen. Wie immer.«
»Ich habe keinen Zettel gesehen.«
»Wir müssen sie anrufen. Sie war völlig außer sich. Es war die pure Verzweiflung, dass sie hier bei mir angerufen hat«, stellte er traurig fest. »Fast so, als sei ich ihr letzter Ausweg.«
»Aber immerhin hat sie doch angerufen«, versuchte Gina plötzlich, ihre Mutter zu verteidigen. Man konnte ja gegen sie sagen, was man wollte, sie war ein bisschen chaotisch, sie konnte nicht kochen, sie war auf diesem seltsamen Selbstfindungstrip, aber sie war niemand, der nachtragend war. Wenn sie also Grandpère all die Jahre böse gewesen war, musste zwischen den beiden etwas vorgefallen sein, das wirklich schlimm war. Plötzlich war sich Gina dessen sicher.

»Sie hat versucht, dich auf dem Handy zu erreichen, aber da hat sich ein Mann gemeldet.«
»Ein Mann?«, fragte Gina erschrocken. Der schwarze Mann benutzte ihr Handy.
»Ja. Danach war sie erst richtig besorgt. Sie hat erzählt, der Mann habe nur Arabisch gesprochen. Ich habe sie beruhigt und ihr gesagt, dass sie vielleicht eine falsche Nummer gewählt hat.«
»Karim hat es mir gestohlen.«
»Da haben wir ja noch einen Grund, diesen Karim zu finden. Schließlich könnt ihr heutzutage ja nicht ohne Handy leben.«
Er lächelte Gina zu und sie fühlte sich plötzlich beruhigt. Ihr Großvater würde sich um alles kümmern. Und wenn alles in Ordnung war, würde sie mit ihm aufs Land fahren und alles wäre wie früher, als Grand-mère noch lebte.
»Warum habt ihr euch gestritten?«, fragte sie.
»Was?«
»Mama und du. Warum habt ihr all die Jahre nicht miteinander geredet?«
»Deine Mutter hat dir das nicht erzählt?« Seine Stimme klang plötzlich heiser.
»Nein.«
»Und ich dachte, du meldest dich nicht mehr bei mir, weil du ihr glaubst.«
»Was? Was soll ich geglaubt haben?«
Jetzt fuhr seine Hand über die Augen. Weinte er? »Dass ich schuld am Tod deiner Großmutter bin?«, flüsterte er.
»Wie kannst du daran schuld sein?«
»Bin ich es etwa nicht? Ich bin Arzt und habe nicht gemerkt, dass sie so schwer krank ist. Und dann war es zu spät. Deine Mutter hatte vollkommen recht, aber ich wollte es nicht einsehen. Ich habe sie aus dem Haus gewiesen.« Sie schwiegen eine Weile. »Hier«, sagte schließlich ihr Großvater und reichte ihr das

Telefon, »mach nicht denselben Fehler. Ruf deine Mutter an. Sprich mit ihr.«

Gina zögerte, aber sein Blick ließ ihr keine Wahl. Sie wählte die Nummer. Nach dem dritten Klingeln ging die Mailbox dran. *Valerie Kron. Sorry. Bitte hinterlasst doch eine Nachricht.* Die muntere Stimme ihrer Mutter auf der Mailbox hörte sich nicht so an, als ob sie sich Sorgen machte.

Sie reichte ihrem Großvater das Telefon. »Sie meldet sich nicht.«

»Vielleicht ist sie schon zu Hause. Ich bringe dich zurück, bevor ich zur Polizei gehe.«

»Aber da war ich doch bereits. Sie wollen nicht helfen.«

»Mir werden sie mit Sicherheit zuhören. Ich kenne den Bürgermeister, den Polizeipräsidenten und noch andere Leute, die in dieser Sache etwas unternehmen können. Du wirst sehen, spätestens morgen früh beginnen sie mit der Suche nach der Leiche dieses Mädchens.«

»Aber wenn sie die Leiche nicht finden?«, flüsterte Gina.

Ihr Großvater legte den Arm um ihre Schultern. »Ich bin Arzt, kein Detektiv.«

»Ich bin auch kein Detektiv und doch habe ich es zusammen mit Noah geschafft, den schwarzen Mann zu täuschen.«

»Dieser Noah scheint ja ein toller Junge zu sein.«

»Ja«, erwiderte Gina, »das ist er.«

Ihr Großvater erhob sich. »Lass uns gehen. Wir werden die Leiche finden und beweisen, dass du die ganze Zeit recht hattest, ich verspreche es dir.«

»Und wenn nicht?«

»Ich habe noch nie viel von dem Wort *wenn* gehalten. Es verspricht zu viel, was dann nicht gehalten werden kann.«

Er lächelte Gina tröstend zu.

Hey, nicht nur Noah hatte einen Großvater, der klug war. Der kannte vielleicht die Sprichworte der Wüste, aber ihrer die Gesetze der Großstadt und die waren auch nicht ohne. Noah. Wo war er nur? Sie musste dringend mit ihm reden.

☾

Dreiundzwanzig

Tatsächlich. Ihre Mutter hatte ihr einen Zettel geschrieben. Gina fand ihn auf dem Küchentisch unter der silbernen Zuckerdose von Ludwig XVI. Darauf stand in großen verzweifelten Ziffern ihre Telefonnummer mit der Bitte, dass sie sich doch unbedingt und sofort und in jedem Fall melden solle:
Ich mache mir SCHRECKLICHE SORGEN!!!
O. k. und warum war sie dann auf ihrem Handy nicht zu erreichen? Aber irgendwie war das jetzt auch nicht mehr so wichtig. Gina hatte das Gefühl, die Dinge geregelt zu haben. Klar, im Hinterkopf lauerte noch immer der Gedanke an Najah, Noah und Julien, der auf dem Weg nach Paris war. Aber Grand-père hatte versprochen, die Sache in die Hand zu nehmen. Sie war zu jung, um Verbrecher zu fangen. Und zum ersten Mal seit drei Tagen konnte sie wieder aufatmen und nicht nur das. Die Panik war den ganzen Tag über auf ihrem Magen gesessen, als ob sie ihn bewachen wollte. Aber jetzt ... ihr war richtig schlecht vor Hunger. Die Angst hatte die Flucht ergriffen. Dafür war nun ihr Großvater da, um ihre Probleme zu lösen.
Gina stellte fest, dass der Kühlschrank reich gefüllt war mit französischem Käse und Oliven. Daneben ein knusprig gebratenes Hühnchen auf einem Teller. Auf dem Tisch lagen Baguettestangen, als hätte ihre Mutter sie nur abgelegt, um dann so schnell wie möglich das Haus zu verlassen. Sie hatte offenbar

tatsächlich vorgehabt, richtig zu kochen. Und dann? Was war dazwischengekommen? Dieser Philippe? Oh Gott, dieser Typ als Ersatzvater, dagegen war eine böse Stiefmutter nichts. Die konnte man wenigstens hassen, aber so einer, ... wenn der einem im Bad begegnete, war vorprogrammiert, dass sie sich vor seinen Augen übergeben musste, so schleimig, wie der war.

Obwohl ihr Magen knurrte angesichts der Leckerbissen, nahm Gina sich Zeit, alles ordentlich auf einem Tablett zu arrangieren. Sie hatte Ferien. Wenn sie schon nicht in einem Hotel Urlaub machte, sondern in dieser Gruft von Ludwig XVI, dann musste sie selbst für Luxus sorgen. Sie würde anschließend ein Bad nehmen und all diese Mittelchen ausprobieren, die Nikolaj nicht mehr in seine Kosmetiktasche hatte packen können. Es hatte Vorteile, wenn der Gastgeber schwul war. Shampoo, Deo, Gesichtsmaske und Körpermilch waren im Überfluss vorhanden.

Draußen verebbte langsam der Lärm der Rue Daguerre, als ob die Dunkelheit alle Geräusche dämpfte. Es war fast Vollmond, der Moment, wenn vom Mond zwar ein Stück fehlt, aber man begreift, dass da am Himmel seit Jahrmillionen diese leuchtende Kugel schwebt, ein großer Ballon, der aus einer toten kalten Landschaft aus Steinen und Staub besteht.

Gina setzte sich auf das Sofa im Salon, schaltete die Stehlampe an, deren Licht gerade ausreichte, dass sie das Essen auf dem Teller erkannte, und kuschelte sich, den Teller auf den Knien, unter die Decke. Den Blick aus dem Fenster mied sie. Der hatte nur Unglück gebracht. Dann schaltete sie den Fernseher an.

Die wunderbare Welt der Amelie.
Genau der richtige Film.
Die Musik hüllte sie ein.

Gina legte sich hin. Sie war unglaublich müde.
Amelie verfolgte diesen Mann, von dem sie nur die Fotos kannte durch Paris. Das Akkordeon spielte. Diese Musik war Frankreich, wie sie es als kleines Kind erlebt hatte. Sie ging mit Grand-père durch die Stadt. Der Eiffelturm erstrahlte auf der anderen Seite der Seine.
Die Augen fielen ihr zu und sie schlief bald tief und fest. Im Traum verfolgte sie Karim. Sie ließ seinen Rücken nicht aus den Augen. Doch sie hatte keine Angst. Es war nur ein Spiel. Alles war nur ein Spiel. Er durfte sie nicht zu Gesicht bekommen. Dann und nur dann würde sie gewinnen. Sie rannte nicht, sie schwebte, sie saß auf einem fliegenden Teppich und flog über Paris. Neben ihr lag Noah mit einem Turban und sah aus wie Aladin mit der Wunderlampe. Nein, das stimmte nicht. Es war gar nicht die Wirklichkeit. Hakima erzählte nur eine Geschichte. Sie saß am Küchentisch und berichtete mit der Stimme ihres Großvaters eine Geschichte, in der Gina und Noah über einen azurblauen Himmel schwebten, unter dem eine gelbe Wüste lag.
Im Schlaf schüttelte Gina den Kopf. Mann, was träumst du denn da für abgedrehte Sachen? Wach auf, Gina! Es war Pauline, die das rief. »Wir müssen dich in Sicherheit bringen.«
»Lass mich«, widersprach Gina, »ich will weiterträumen.«
»Wach auf!« Wieder die Stimme von Pauline. »Das Leben ist kein Märchen!«
Ein Schatten schob sich vor die Sonne. Das Traumbild verblasste. Gina stellte fest, dass kein Teppich über den Himmel schwebte. Noah war nicht da und sie selbst fiel. Sie stürzte aus großer Höhe hinab und wachte auf.
Was war das?
Gina schreckte aus dem Schlaf.
Ein Geräusch?

Sie riss die Augen auf. Nein, alles in Ordnung. Nur der Fernseher lief. Der Film war zu Ende.
Und woher kam dann dieses Herzklopfen? Warum ging ihr Atem schneller? Und ihre Hände, sie waren eiskalt.
Etwas versetzte sie in Unruhe.
Etwas lag in der Luft.
Eine Ahnung.
Gina erhob sich.
Gehörte das alles noch zu ihrem Traum?
Sie ging ans Fenster, als ob sie schlafwandelte.
Wolken zogen über den dunklen Himmel, stießen an die Dächer und plusterten sich zu Gebirgen auf. Unten auf der Straße führte die Concierge wieder ihren Hund spazieren. Sie wirkten wie ein altes Ehepaar, das sich nichts mehr zu sagen hatte.
Hier und da brannte in den gegenüberliegenden Häusern Licht.
Im zweiten Stock stand wieder der Mann in denselben Boxershorts wie vor zwei Tagen im Badezimmer vor dem Spiegel, nur dass er sich diesmal mit einem Rasierapparat den Kopf rasierte.
Im Stockwerk darüber räumte die Frau in ihrem blau-weiß karierten Bademantel Geschirr in den Schrank, während im fünften Stock die beiden Mädchen in Schlafanzügen vor dem Fernseher schliefen, in dem *Bambi* lief.
Und die Wohnung im vierten Stock?
Was war das? War sie wieder in der Nacht vor zwei Tagen? *Zurück in die Zukunft*. Teil, was weiß ich? Jedenfalls waren die Fenster nicht länger mit Karton verklebt, sondern Glasscheiben saßen in den Rahmen. Als hätte sich nichts verändert. Als hätte es kein Feuer gegeben.
Gina konnte es nur erkennen, weil im hinteren Teil des Raumes ein schwaches Licht aufleuchtete, in dem sich ein Schatten abzeichnete.
Fing alles wieder von vorne an?

War sie in einer Zeitschleife, in der sich ihr Leben wiederholte? Immer und immer wieder?

O. k., Gina, die einfachste Erklärung ist, dass du noch immer träumst. Wechsle einfach das Programm, schalte um. Setz dich auf den Teppich und mach dich aus dem Staub.

Ginas Augen starrten auf das Haus gegenüber. Verzweifelt versuchte sie, etwas zu erkennen.

Karim?

Für einen Moment erschien ein Gesicht am Fenster und schaute auf die Straße. Es war jung. Dort drüben stand kein Mann, sondern ein Junge.

Noah?

Nein, die Gestalt hatte kürzere Haare.

Also wer dann? Wer konnte dort drüben am Fenster stehen? Die Erkenntnis kam überraschend. Sie war der Paukenschlag in der Oper.

Julien!

Nur er konnte das sein. Wer sonst? Er suchte nach Najah. Er war nach Paris gekommen, um sie zu sehen. Aber er wusste nicht, dass sie tot war. Er würde sie dort drüben nicht finden. Und die Schlussfolgerung war klar. Gina musste es ihm sagen. Sie musste hinübergehen und mit ihm reden.

Mann, dagegen war so eine Oper so langweilig wie die Ewigkeit.

Ein dumpfes Gefühl sagte ihr, dass sie nicht gehen sollte. Schließlich hatte sie ihrem Großvater versprochen, dass sie hier auf ihre Mutter warten würde. Aber da hatte sie doch nicht damit rechnen können, dass Julien auftauchte.

Ohne weiter zu überlegen, ob es richtig war oder falsch, rannte Gina in den Flur und zog ihre Schuhe an.

Die Wohnungstür fiel hinter ihr ins Schloss.

Außerdem, es würde nicht lange dauern, dann war sie wieder

zurück. Länger als fünf Minuten würde sie nicht brauchen. Sie würde hinüberrennen, Julien erzählen, was sie wusste, und in die Wohnung zurückkehren.

Ginas Finger lag auf dem Klingelknopf. Sie erschrak selbst, als sie den schrillen Klingelton hörte.
In der Wohnung rührte sich nichts.
Klar. Warum sollte Julien öffnen? Er hatte sich schließlich ohne Erlaubnis Zugang zu der Wohnung verschafft. Der Teppichhändler in Marrakesch wäre sicher nicht erfreut, wenn er wüsste, dass in seiner Wohnung Fremde ein und aus gingen. Wahrscheinlich stand Julien hinter der Tür und hatte dieselbe Panik wie sie neulich, als Karim plötzlich aufgetaucht war.
Das Fenster zur Küche fiel ihr wieder ein. So könnte sie in die Wohnung gelangen. Natürlich würde Julien einen totalen Schock bekommen, wenn sie plötzlich vor ihm stand, aber das würde er schon überleben. Und wenn Gina ehrlich war, so wollte sie ihn unbedingt kennenlernen, den Jungen, der in diesem Liebesdrama den Romeo spielte.
Gina rannte den Weg zurück und gelangte, ohne jemandem zu begegnen, über die Hintertreppe zum Küchenfenster, das tatsächlich nicht geschlossen war. Als sie dagegen drückte, gab es sofort nach. Sie zog sich nach oben, zwängte sich durch die Öffnung. Das Licht vom Treppenhaus fiel in die Küche, sodass sie sich orientieren konnte. Im Halbdunkel schlich sie zur Tür und horchte.
Tatsächlich, jemand war im Flur und bewegte sich leise. Gina konnte Schritte hören. Dann ein schleifendes Geräusch. Etwas wurde zur Seite gezogen.
Vorsichtig drückte sie den Türgriff nach unten und schob die Küchentür einen Spalt auf. Im Flur war es dunkel bis auf den Lichtkegel einer Taschenlampe. Jemand stand mit dem Rücken

zu ihr. Eine schmale Gestalt, kaum größer als sie, kniete auf dem Boden und machte sich an den Holzdielen zu schaffen.

War das wirklich Julien?

Oder ein Dieb, der von dem Brand und der leer stehenden Wohnung eines reichen Teppichhändlers gehört hatte? Vielleicht dachte er, er könnte die Teppiche mitnehmen. Die waren mit Sicherheit eine Menge wert.

Ginas Herz klopfte. Sie sollte so schnell wie möglich hier verschwinden, bevor sie entdeckt wurde.

Die Gestalt begann, mit den Händen auf dem Boden zu tasten, als ob sie nach etwas suchte. Unwillkürlich trat Gina einen Schritt zurück und stieß gegen einen Tisch. Das Geräusch war in der dunkeln Stille unnatürlich laut. Die Gestalt erhob sich abrupt. Gina hörte einen leisen Aufschrei. Drohende Worte wurden geflüstert, dann flog etwas auf sie zu und traf sie an der Stirn.

☾

Vierundzwanzig

Gina spürte eine leichte Berührung. Jemand strich ihr mit kühler Hand über die Stirn. Es war nicht mehr als ein Hauch. Doch richtig wach wurde sie erst, als etwas Kaltes auf ihre Stirn gelegt wurde.

Sie fühlte sich schwindelig, als wären rechts und links vertauscht, als hätten ihre Gehirnhälften den Platz gewechselt. Sie hatte doch die Augen geöffnet, oder etwa nicht? Sie war sich nicht sicher, denn da war diese Dunkelheit, die sie umfing. Sie konnte einfach nicht klar kriegen, ob sie wirklich noch ohnmächtig oder wieder online war. Vielleicht stand sie auch bereits an der Schwelle zum Tod. Alles war möglich.

Nein, sie spürte deutlich, es war nicht nur kalt, es war nass in ihrem Gesicht. Und das waren keine Tränen. Es war das Gefühl der Kindheit, wenn ihre Mutter mit feuchten Wadenwickeln ans Bett kam. Nur lag der Wadenwickel auf ihrer Stirn wie ein Turban.

»Aufwachen«, hörte sie jemanden sagen.

Damit war eines klar. Tot war sie nicht. Da sah man ja angeblich ein Licht am Ende des Tunnels. Einen hellen Schein erkannte sie zwar, aber es war lediglich der Lichtkegel einer Taschenlampe.

»Wie fühlst du dich?«, fragte die unbekannte Stimme.

Konnte das Julien sein? Hatte der so eine hohe Stimme? Vielleicht hatte bei ihm der Stimmbruch noch nicht eingesetzt.

Konzentriere dich, Gina! Streng dich an! Reiß dich zusammen, Herrgott noch mal, das hier ist eine Prüfung, die ist schlimmer als jedes Examen bei Madame Poulet.

Allah, dachte sie und richtete sich auf. Der Boden unter ihr war hart und glatt. Er fühlte sich an wie Nikolajs Parkett.

Mann, sie musste richtig wach werden. Sie war der Regisseur. Sie hatte die Fäden in der Hand. Sie war nicht der Schauspieler, der am Boden liegen musste, bis jemand sagte: »Schnitt!«

»Wo bin ich?«, fragte sie, denn genau das sagte man in solchen Momenten im Film.

»Da, wo du nicht sein solltest«, antwortete jemand. Nein, das war nicht Julien. Diese Stimme war eindeutig weiblich.

»Licht.«

»Ich kann kein Licht machen, Gina. Wir dürfen hier nicht sein. Ich nicht und du auch nicht. Mann, du bist wirklich hartnäckig.«

Die Fremde kannte sie. War es Pauline?

»Wer bist du?«, fragte Gina und hielt sich die Hand über die Augen, um ihr Gegenüber zu erkennen.

»Erkennst du mich nicht?«
Gina schüttelte den Kopf. Der Lichtkegel der Taschenlampe bewegte sich.
»Ich bin es, Najah. Du hast doch nach mir gesucht.«
»Najah?« Also war sie doch im Himmel. Bei Najah.
»Najah?« Gina schrie den Namen heraus.
»Psst. Leise.«
»Aber du bist doch tot. Ich habe es gesehen. Und was hast du mit deinen Haaren gemacht?«
»Was wohl? Ich habe sie mir abgeschnitten.«

Sie saßen zusammen im Dunkeln, nein, im Halbdunkeln. Najah hatte die Taschenlampe vor sie gelegt, damit sie sich erahnen konnten, und endlich erfuhr Gina den Teil der Geschichte, der ihr die ganze Zeit gefehlt hatte.
»An dem Abend, als Karim in die Wohnung kam, um mich zu töten, habe ich auf Pauline gewartet. Ich musste ihr doch erzählen, dass Julien auf dem Weg nach Paris war. Sie sollte zu ihm gehen und ihm erzählen, ich sei irgendwohin gefahren und wollte nichts mehr von ihm wissen.«
»Aber warum denn? Ich dachte, das ist die große Liebe zwischen euch.«
»Gerade deswegen.« Najahs Stimme zitterte leicht. »Weißt du, was passieren würde, wenn Karim Julien findet? Wenn er weiß, wo er ist? Er würde ihn töten, ohne mit der Wimper zu zucken, so wie er versucht hat, mich zu töten.«
»Aber wie bist du entkommen? Ich habe gesehen, dass er mit dem Messer auf dich los ist. Du bist gefallen. Hast auf dem Boden gelegen, dich nicht mehr gerührt. Kannst du dir vorstellen, was für einen Schock ich hatte?«

Eine Weile schwieg Najah, dann sagte sie: »Meine Mutter hat mich beschützt.«
Gina verstand rein gar nichts. Hatte Pauline sie angelogen?
»Deine Mutter? Ich dachte, sie ist tot.«
»Ja«, erwiderte Najah traurig, »aber sie hat mir vor ihrem Tod versprochen, dass sie mich beschützt, und dieses Versprechen hat sie gehalten.«
Mein Gott, Ginas Mutter machte dauernd Versprechen, aber sie hielt sie so gut wie nie ein. Versprechen von Müttern, das waren ziemlich oft Flops. Leere Sprachblasen.
»Aber wie? Wie kann sie dich beschützen, wenn sie tot ist?«
»Damit.«
Najah ergriff Ginas Hand und Gina spürte etwas kaltes Hartes zwischen ihren Fingern.
»Was ist das?«
»Das Auge der Fatima.«
Gina schüttelte den Kopf. »Ein Anhänger? Blödsinn. Wie kann dich ein Amulett beschützen! Das ist wirklich Bullshit.«
Sie hörte Najah im Dunkeln leise lachen.
»Eben nicht. Das ist ja das Wunder. Ich trage es immer um meinen Hals, und als Karim mit dem Messer auf mich losging, Allah, ich spürte einen festen Stoß und ließ mich fallen. Ich dachte nur noch: Das ist das Ende. Das ist der Tod.«
»Das dachte ich auch«, seufzte Gina.
»Aber das Messer ist an dem Stein abgeprallt. Ich habe es nicht gewusst. Ich war wie gelähmt. Und, wie ich glaube, kurz ohnmächtig. Ich bin wohl mit dem Kopf auf der Tischkante aufgeschlagen.«
»Ja, das habe ich gesehen.«
»Es erschien mir ganz natürlich, da am Boden zu liegen und auf den Tod zu warten.«
»Aber du warst doch nicht tot«, widersprach Gina.

»Das wusste ich aber nicht. Mann, ich hab doch keine Ahnung, wie man das macht. Oder weißt du, wie es sich anfühlt zu sterben?«

»Ehrlich gesagt, nicht.«

»Eben.«

Im ersten Moment dachte Gina, sie hätte sich verhört, aber dann war sie sich sicher. Najah lachte leise. »Ich dachte wirklich, ich sei tot.« Gina konnte nicht anders. Sie musste ebenfalls kichern. Es war Hysterie. Sie waren einfach erleichtert, dass sie in Sicherheit waren.

»Und Karim hat es nicht bemerkt?«

»Nein. Ich habe ihn gehört, wie er aus dem Zimmer ging und dachte nur, Allah sei Dank, er lässt mich alleine sterben. Ich muss es nicht unter seinen Augen tun.«

»Ja, das verstehe ich«, erwiderte Gina und verstand es wirklich.

»Dann, vielleicht zehn Minuten später, rieche ich plötzlich Rauch. Es ging alles ganz schnell und das Feuer kam immer näher.«

»Oh Gott. Spätestens in diesem Moment wäre ich gestorben vor Angst.«

»Ich stand unter Schock. Und da bekommt man nur die Hälfte mit. Man hat keine Zeit für Panik.« Najah schüttelte langsam den Kopf. »Ich dachte nur, nein, das kann nicht sein. Ich bin nicht tot und ich will auch nicht sterben. Irgendwie bin ich aufgestanden und einfach aus der Wohnung gerannt.«

»Aber wohin bist du gegangen? Wo warst du die ganze Zeit? Weißt du eigentlich, wie viele Leute deine Leiche suchen? Ich war doch sicher, dass du tot bist.«

»Ich bin einfach die Treppe hinuntergerannt.« Najah schloss die Augen, als könnte sie sich so besser erinnern. »Und stand plötzlich im Hinterhof. Ich kannte mich nicht aus. Wusste nicht, wo ich war. Ich wollte einfach nur weg und bin durch das kleine

Tor auf den Weg gelaufen, der hinten an den Häusern vorbeiführt. Plötzlich stand ich vor dem Schuppen.«
»Welcher Schuppen? Du meinst das Lager vom Gemüseladen?«
Najah nickte. »Monsieur Saïd war gerade dabei, die Kisten von der Straße zu räumen, als er mich sah. Es war einfach unglaublich. Er hat mich gesehen und gewusst, in welcher Gefahr ich bin. Ich weiß nur noch, dass er meinen Arm ergriff und mich zu sich in den Schuppen zog.«
»Und dann hast du verstanden, dass du lebst!«, stellte Gina fest.
»*Oui*. Und später hat Monsieur Saïd erzählt, dass Karim nur wenige Minuten vor mir aus dem Haus gerannt war. In diesem Moment hätte er gewusst, dass etwas passiert war.«
»Dann warst du also die ganze Zeit dort im Lager?«
»Ja. Er hat mir geholfen. Mir diese Kleider gegeben und die Haare geschnitten, damit ich aussehe wie ein Junge. Damit niemand mich erkennt!«
Sie schwiegen.
»Aber«, fragte Gina schließlich, »warum bist du heute Nacht hierher zurückgekommen?«
Sie spürte Najahs Zögern, bevor diese antwortete.
»Die Briefe . . . ich wollte Juliens Briefe holen. Wenn ich ihn schon nie wiedersehen werde, wollte ich wenigstens etwas zur Erinnerung haben.«
»Die Briefe sind bei mir . . .«, antwortete Gina. »Sie sind in Sicherheit. Darauf kannst du Gift nehmen.«
»Allah sei Dank«, hörte sie Najah seufzen.
»Also«, stellte Gina fest, »gibt es keinen Grund, hier länger im Dunkeln auf dem harten Boden zu sitzen. Wir sollten so schnell wie möglich abhauen. Diese Wohnung ist mir unheimlich. Hier ist schon zu viel geschehen.«

Gina und Najah verließen die Wohnung des Teppichhändlers, der nichts davon ahnte, was in seiner Wohnung passiert war, durch die Vordertür. Das Nachtleben auf der Rue Daguerre war nun in vollem Gang. Die Menschen in den Cafés, die knatternden Mopeds, das Aufheulen der Motoren, das Geschrei der Jugendlichen, die eng umschlungen auf der Straße liefen, ohne auf das Hupen der Autos zu achten. Eine typische Sommernacht in Paris, die versprach, das Leben zu genießen.

Vor der Haustür sagte Gina: »Du kannst mit mir kommen. Mein Großvater hat versprochen, dass er uns hilft. Er lässt dich nicht im Stich und meine Mutter auch nicht.« Und in demselben Moment wusste Gina, dass das die Wahrheit war. Ihre Mutter mochte chaotisch sein, unzuverlässig und auf einem Selbstfindungstrip, der schlimmer war als Drogen, vielleicht war sie auch gerade dabei, sich in den falschen Mann zu verlieben, aber sie würde Najah helfen. Das war so sicher wie das Amen in der Kirche.

»Aber ich muss Monsieur Saïd Bescheid sagen. Er macht sich sonst Sorgen. Er war dagegen, dass ich zurück in die Wohnung gehe, als ich ihm erklärte, ich müsse die Briefe holen.«

Sie wandten sich nach rechts. Der Laden lag in völligem Dunkel. Najah klopfte. Nichts rührte sich.

»Vielleicht schläft er schon«, sagte Gina.

Najah schüttelte den Kopf. »Das kann nicht sein. Er geht nicht vor Mitternacht ins Bett. Nicht bevor er sein Nachtgebet verrichtet hat. Und das betet er erst, wenn alle Sterne am Himmel stehen.«

Gina sah zum Nachthimmel, an dem dunkle Wolken entlangzogen. Was war, wenn gar keine Sterne auftauchten? Fiel das Gebet dann aus? Doch jetzt war nicht die Zeit, danach zu fragen.

»Vielleicht ist er im Lager«, hörte sie Najah. »Lass uns nach hinten gehen.«

Sie schlichen einen engen dunklen Gang entlang, der zwischen dem Gemüseladen und dem Haus Nr. dreizehn durchführte. In diesem Moment gab eine Wolke den Blick auf den Vollmond frei, der ihnen für einen kurzen Augenblick den Weg leuchtete.

Der Eingang zum Lager war ganz und gar in Finsternis eingehüllt. Wieder klopfte Najah, aber Monsieur Saïd hörte sie nicht oder wollte sie nicht hören, ebenso wie er Noah in der Nacht zuvor vor der Tür hatte stehen lassen.
»Das verstehe ich nicht«, wunderte sich Najah. »Ich bin doch höchstens eine halbe Stunde weg gewesen. Warum macht er nicht auf?«
»Lass uns gehen«, drängte Gina. »Meine Mutter ist sicher schon zu Hause. Sie wird Monsieur Saïd anrufen und ihm sagen, dass es dir gut geht.«
»Nein.« Najah schüttelte entschieden den Kopf. »Er hat mir geholfen. Ich muss mich wenigstens von ihm verabschieden. Wir können über den Dachboden. Es gibt eine Leiter, die nach oben führt.«
Erneut folgte Gina Najah im Dunkeln und bereute es, als sie über eine leere Obstkiste stolperte. Etwas huschte den Boden entlang.
»Was war das?«
»Nur eine Ratte«, flüsterte Najah. »Sei leise. Sie tut dir nichts.«
»Eine Ratte? Hier gibt es Ratten? Ach du Scheiße!«
»Ratten gibt es überall, die sind nicht so gefährlich wie Karim. Also warum hast du Angst? Du hast heute schließlich sogar einen gemeinen Verbrecher reingelegt.«
Plötzlich konnte Gina Najah im Dunkeln nicht mehr erkennen. Vom Lärm der Straße war kaum etwas zu hören. Es herrschte ei-

ne unheimlich Stille, bis wieder etwas in einer Ecke raschelte. Gina schreckte zusammen.
»Wo bist du? Ich sehe nichts.«
»Hier auf der Leiter«, flüsterte Najah vor ihr.
Gina streckte die Hand aus und fasste an das kalte Holz. Langsam folgte sie Najah, die sich leise wie eine Katze bewegte, Stufe für Stufe. Die Tritte knarrten, und das erinnerte Gina an etwas: »Als ich neulich mit Noah hier unten gesprochen habe, warst du da oben? Hast du uns belauscht?«
»Was sollte ich machen? Ich konnte ja nicht einfach vor euch auftauchen und sagen: ›Hallo, hier bin ich.‹«
»Es hätte uns viel Ärger erspart.«
»Ich kannte dich doch gar nicht. Für mich warst du nur das Mädchen am anderen Fenster.« Najah brach ab. »Ich bin oben. Nimm meine Hand.«
Gina ließ sich nach oben ziehen und fühlte endlich wieder festen Boden unter ihren Füßen. Auf dem Dachboden roch es nach frischem Obst und Gemüse. In der Dunkelheit war der Geruch so intensiv, dass Gina automatisch das Wasser im Mund zusammenlief.
»Da unten brennt Licht«, sagte sie, »Monsieur Saïd muss also . . .«
»Psst.« Sie spürte, dass Najah ihren Arm festhielt.
»Was denn?«
»Hörst du das nicht?« Das war kein Flüstern mehr, das war nur noch ein unmerkliches Raunen. »Doch unten ist jemand«, wisperte Najah.
Ginas Herz begann nun, laut zu schlagen, als ob es einen Preis im Wetttrommeln gewinnen wollte. »Monsieur Saïd?«
»Ich weiß nicht, aber wenn mich nicht alles täuscht . . . oh Allah, nein, ich glaube, jemand stöhnt.«
Gina versuchte, etwas anderes zu hören als das Rauschen ihres

Blutes in den Ohren, aber es gelang ihr nicht. »Bist du sicher, ich . . .«

Bevor Gina noch wirklich reagieren konnte, war Najah schon die Treppe hinuntergelaufen. Sie wollte ihr folgen, doch in diesem Moment ging unten im Lagerraum das Licht an. Najahs Aufschrei ließ Gina das Blut in den Adern stocken.

☾

Fünfundzwanzig

Kamera aus, dachte Gina und dann, aber das ist kein Film hier, das alles geschieht wirklich. Leise schlich sie an den Rand des Dachbodens und blickte nach unten.
Sie sah Monsieur Saïd auf dem Boden liegen. Aus einer Wunde am Kopf tropfte Blut. Er lehnte an einem Sack Kartoffeln und starrte Najah an, die sich neben ihn auf den Boden gleiten ließ.
»Was ist passiert?«, fragte sie.
»Nicht«, Monsieur Saïd schüttelte den Kopf und hob die Hand. »Nicht.«
»Was . . .« Doch Najah konnte den Satz nicht beenden, denn hinter einem Regal tauchte eine Gestalt auf, die Gina nur zu gut kannte und von der sie wusste, so würde der schwarze Mann immer wieder in ihren Träumen, aus der Dunkelheit auftauchen. Mit diesen leuchtenden Augen unter den schwarzen buschigen Augenbrauen. Und sie würde ihn nicht aufhalten können, wie sie ihn auch jetzt nicht stoppen konnte. Die Dinge im Traum würden einfach passieren. Sie würde nicht sagen können: »Schnitt« oder »Kamera aus!« Sie hatte keinen Einfluss auf die Bilder in ihren Träumen, wie sie keine Macht hatte, die Ereignisse dort unten in eine andere Richtung zu lenken.

Karim sagte etwas auf Arabisch zu Najah. Es war ein böses Flüstern. Seine Hand hob sich. Er hielt eine Rede. Eine Rede, die aus Drohungen und Verwünschungen bestand, aus Flüchen und Beschimpfungen. Das verstand Gina. Dazu musste sie diese Sprache nicht sprechen. Und noch etwas wurde ihr schlagartig klar. Karim hatte nicht nach ihr gesucht, sondern nach Najah. Natürlich. Er hatte begriffen, dass sie nicht tot, sondern vor ihm geflohen war.

Monsieur Saïd versuchte sich aufzurichten, doch es gelang ihm nicht. Alles, was er hervorbrachte, war ein Stöhnen und Gina konnte spüren, wie hilflos er sich fühlte, weil sie, verdammt noch mal, sie selbst fühlte sich ja wie ein Versager, als totaler Loser. Sie wusste einfach nicht, wie sie helfen sollte.

Fast hätte Gina laut aufgeschrien, doch plötzlich war ihr klar, dass sie die Einzige war, von der Karim nichts wusste. Sie musste etwas tun. Sie war die Regisseurin. Die Regisseurin der Wirklichkeit.

Haltet durch, dachte sie, ich hole Hilfe. Und dann ... nein, es ist zu spät. Ich muss selbst etwas tun. Ich darf nicht wieder nur hier sitzen und zuschauen. Verdammt noch mal, Gina, lass dir etwas einfallen.

Aber was? Es war dunkel auf dem Dachboden und der Lagerraum unten wurde nur durch das schwache Licht an der Decke erhellt, das noch dazu leicht flackerte, als ob es jederzeit seinen Geist aufgeben würde.

Jetzt sprach Najah. Es klang, als stände sie auf der Bühne und hielt einen langen Monolog. Sie schlug sich immer wieder auf die Brust, bis Karims Hand sie zu Boden riss. Er stand über sie gebeugt. Und Karim hielt wieder dieses Messer in der Hand. Es war größer, als Gina es in Erinnerung hatte. Viel größer, und ehrlich gesagt, hatte sie das Gefühl, dass es wuchs, während sie es anstarrte.

Hey, Gina, reiß dich zusammen, sagte sie zu sich selbst. Tu etwas. Tu etwas, tu etwas, tu etwas.
Der Gedanke drehte sich in ihrem Kopf wie ein Kreisel.
Lass dir etwas einfallen. Sitz nicht herum.
Aber was?
Was konnte sie tun?
Und sie musste schnell handeln.
Sie machte einen Schritt nach vorne und stieß mit dem Fuß gegen eine Kiste.
Kurz hielt sie in der Bewegung inne, doch offenbar hatte niemand etwas gehört. Die Szene unten wirkte jetzt wie eingefroren. Noch immer lag Monsieur Saïd am Boden. Seine Augen wanderten von Karim zu Najah, von Najah zu Karim . . . Und Najah? Gina bewunderte ihren Mut. Sie nahm den Blick nicht von dem schwarzen Mann, starrte ihn an, ohne auf das Messer zu achten.
Gina bückte sich und tastete mit den Händen den Gegenstand zu ihren Füßen ab. Ihre Hand blieb an einem Nagel hängen. Sie riss sich die Haut auf und spürte doch keinen Schmerz. Zu ihren Füßen stand eine Kiste. Was war das denn? Melonen. Nichts als Melonen, stellte sie enttäuscht fest und dann: Klar, das hier war ein Obstladen, kein Waffenlager.
Aber sie musste doch etwas tun? Sie durfte diesmal nicht wieder nur zusehen.
Die Kiste stand am äußersten Ende des Dachbodens und Gina erinnerte sich, dass es kein Geländer hier oben gab. Es war einfach ein Zwischenboden, den jemand unter dem Dachgiebel eingezogen hatte, um Platz zu schaffen.
Von unten erklang erneut ein Aufschrei. Gina kroch nach vorne. Sie beobachtete Karim, der Najah an den kurzen Haaren packte, und fast hätte Gina sich gefreut, denn immer wieder riss Najah sich los. Doch schließlich hatte er es geschafft. Sein Arm

lag um Najahs Brustkorb. Er presste sie fest an sich und richtete das Messer gegen ihren Hals. Gina konnte deutlich die Panik in Monsieur Saïds Stimme hören, während er auf Karim einsprach und laut Allahs Namen rief.

Sie hatte keine Zeit, sie musste handeln.

Gina wich zurück, bis sie hinter ihrem Rücken den Dachbalken spürte. Sie streckte die Füße aus. Die Zehenspitzen stießen gegen die Kiste. Sie war verdammt schwer zu bewegen. Sie schob sie nach vorne. Langsam und gleichmäßig. Gina konnte nun nicht mehr sehen, was unten vor sich ging. Doch sie hörte Najahs verzweifelte Schreie. Sie schrie und schrie.

Niemand hörte das Geräusch, als die Kiste über den Boden schleifte. Zentimeter für Zentimeter schob sie diese nach vorne. Sie wusste nicht, wann der Dachboden endete, wann die Kiste nach unten stürzen würde. Sie wusste auch nicht, ob Karim überhaupt noch unterhalb von ihr stand. Für einen Moment hielt sie inne. Dann wieder Najahs Weinen und Saïds verzweifelte Gebete. Alles hatte keinen Sinn, so lange Karim Najah festhielt. Jetzt konnte jede seiner Bewegungen gefährlich werden. Sie hielt inne. Ihre Idee war schwachsinnig. Sie musste sich etwas anderes überlegen.

In diesem Moment hörte sie eine Stimme, die laut Karims Namen rief. Die Stimme war ihr bekannt und im selben Augenblick wusste sie, wer es war.

Noah.

Es war Noah, der nun auf Karim einsprach.

Wo kam er plötzlich her?

Najah schrie auf. Ihre Stimme entfernte sich. Dann hörte Gina ihr lautes Schluchzen.

Erneut kroch Gina langsam nach vorne an den Rand. Die Kiste war nicht mehr als zwei Zentimeter vom Abgrund entfernt. Unten hatte die Szene sich verändert. Karim hatte Najah losgelassen. Er hatte sich jetzt Noah zugewandt, der im Türrahmen stand. Die Hand erhoben, hielt Karim den Dolch in Noahs Richtung. Und Noah hielt ein Gewehr in den Händen. Ja, natürlich, das war besser als eine Kiste voller Melonen. Und gleich darauf wusste Gina auch, wo er es herhatte. Es war das Luftgewehr von Monsieur Saïd. Der Blick, den er auf den schwarzen Mann gerichtet hatte, war verächtlich. Dieser wandte sich um und ging auf ihn zu. Und Noah sprach einfach weiter. Er redete auf den Mann ein wie auf seine Kunden. Bis Gina begriff, dass Noah versuchte, Karim von Najah abzulenken. Er spielte ein gefährliches Spiel. Sie spürte, dass er diesen beleidigte. Ginas Hände formten sich zu Fäusten und sie empfand so etwas wie Stolz. Wieder sagte Karim etwas. Wieder spuckte Noah auf den Boden. Allahs Namen fiel. Noah war nicht länger ein Schuhputzjunge, der Johnny Depp ähnlich sah, er war jetzt tatsächlich Johnny Depp. Karim sprang auf Noah zu, holte aus und schlug ihm ins Gesicht.

Schnell kroch sie zurück. Sie hatte nur diese Minute. Sie musste jetzt die Dinge in Bewegung bringen. Nur noch zwei Zentimeter. Mehr nicht. Und wieder schoben ihre Beine die Kiste nach vorne.

Bis sie spürte, dass sie ins Wanken kam.

Was, wenn Noah jetzt dort unten stand? Direkt unter ihr?

Doch es war zu spät. Sie spürte, wie die Kiste über dem Abgrund hing. Sie hörte sich schreien. Erst Najahs Namen, dann Noahs und schließlich: »Lauft weg!«

Dann ein einziges Krachen, als das Holz der Kiste zersplitterte. Ein dumpfer Aufprall nach dem anderen, als die Melonen am Boden auftrafen, zersprangen und durch die Wucht in Stücke gerissen wurden.

Das Schweigen hing über dem Raum. Eine Stille, die knisterte. Wie Sand in der Wüste, dachte sie, nach einem Sturm.

Sie wagte nicht aufzustehen, um nach unten zu schauen. Dann hörte die Stille auf und es war, als ob sie in einen Trichter fiel. Sie fiel und fiel, bewegte sich auf einen Punkt zu, an dem der Lärm immer größer wurde. Immer mehr Menschen schrien, Autos hupten und eine Sirene in ihrem Kopf sprang an.

☽

Sechsundzwanzig

Das Licht, das plötzlich den Raum erhellte, war so grell, dass Gina die Augen schloss und sich wünschte, sie müsste sie nie wieder öffnen. Ein spannender Thriller und nun war alles vorbei. Sie würde nach Hause gehen, sich ins Bett legen und die Nacht tief und fest schlafen.

Jedoch konnte sie den Lärm unter ihr, das Heulen der Sirenen, die vielen Schritte, das Geschrei der Menschen, das leise Schluchzen, das ihr eigenes war, nicht ignorieren.

»Hey«, hörte sie jemanden dicht neben sich.

Sie öffnete die Augen, blinzelte kurz und blickte in das ernste Gesicht von Noah unter den schweißverklebten Locken, die in seine Stirn hingen. Sein weißes T-Shirt war schmutzig und eine blutige Strieme ging über seine Stirn wie ein Zeichen.

»Wie ist das passiert?« Ihr Finger deutete auf die Schramme.

»Eine Warnung von Karim. Aber es sieht schlimmer aus, als es ist.«

»Hat dein Großvater für diesen Fall auch ein Sprichwort auf Lager?«

»Ich hatte noch keine Gelegenheit, ihn zu fragen. Aber ich werde es nachholen.«

Plötzlich überfiel Gina die Erinnerung. Sie spürte wieder das

Gewicht der Melonen an ihren Füßen, den Aufprall, als sie auf dem Boden aufschlugen. »Wie geht es Najah? Und Monsieur Saïd?«

»Alles ist in Ordnung. Monsieur Saïd hat eine Kopfverletzung. Er kommt ins Krankenhaus. Aber Karim hat es schwer erwischt. Du hast ihn außer Gefecht gesetzt.«

»Ich?«

»Ja.« Noahs gewohntes Grinsen erschien in seinem Gesicht. »Hast du eine Ahnung, was eine Wassermelone wiegt?«

»Nein.«

»Auf jeden Fall genug, um Karim zu erschlagen.«

»Ist er . . .«, Gina wagte den Gedanken kaum zu denken, »tot?«

»Nein, bewusstlos.« Er erhob sich. »Aber komm mit. Ich glaube, deine Mutter wäre glücklich, dich zu sehen.«

»Meine Mutter? Was macht die denn hier?«

»Sie weint in den Armen eines Mannes.«

»*Mon Dieu*, Phillippe«, murmelte Gina. »Ich wusste es doch.«

»Komm, sie macht sich fürchterliche Sorgen um dich.«

Gina fiel etwas ein. »Du musst Hakima anrufen. Sie macht sich auch große Sorgen. Wo warst du nur? Ich dachte du wolltest nach Hause.«

»Ich bin zurück zu dem Reisebüro von Ahmed gefahren. Ich wusste, dass er etwas vorhatte. Sie haben darüber gesprochen.«

»Das hast du mir nicht erzählt.«

»Ich wollte dich nicht noch mehr beunruhigen. Du warst ja schon so das reinste Nervenbündel.«

»War ich nicht«, widersprach Gina.

»Jedenfalls bin ich Karim hierhergefolgt. Er hat Monsieur Saïd in der Nacht, als er Najah überfallen hat, draußen erkannt und vermutet, dass er etwas über Najahs Verschwinden weiß. Und dann hat er dich ständig in seinem Laden gesehen.«

Jetzt machte alles einen Sinn. Karim hatte sie tatsächlich ver-

folgt, aber nur, weil er dachte, sie könnte ihn zu Najah führen und am Ende hatte sie Najah direkt in seine Falle laufen lassen.
»Du hattest recht, die Polizei wollte uns nicht helfen.«
»Nein, hatte ich nicht. Als ich Karim hier im Laden sah, habe ich sie angerufen. Aber lass mich jetzt bei Hakima anrufen. Kann ich dazu dein Handy benutzen?«
»Mein Handy, aber du weißt doch...«
»Pst...« Noah zog etwas aus der Tasche seiner Jeans. »Ich habe es vor der Polizei gerettet. Außer uns weiß niemand, dass er es hatte.«
»Du denkst immer an alles, oder?«
»Meistens.«

Die Szene, die sich Gina bot, als sie hinunter in den Lagerraum stieg, war ganz großes Kino und reif für die Oper. Während zwei Sanitäter Karim, der weiß wie ein Leichentuch war und jämmerlich vor sich hin stöhnte, auf der Liege abtransportierten, hatten sich auf wundersame Weise zwei Paare gefunden.

Ihre Mutter hing tatsächlich an der Schulter eines Mannes. Nur stellte Gina verwundert und dann erleichtert fest, dass nicht Philippe die Tränen ihrer Mutter mit einem weißen Taschentuch trocknete, sondern Kommissar Ravel und offenbar ging er völlig in dieser Aufgabe auf. War die tolle Frau, die Ravel im Kommissariat abgeholt hatte, etwa ihre Mutter gewesen? Diese Geschichte musste sie für später aufheben, stattdessen atmete sie erleichtert auf, als sie in der Mitte des Raumes Najah erkannte, die einen jungen braun gebrannten Mann in Jeans, weißem T-Shirt und Sandalen küsste. Seine Haare waren von der Sonne gebleicht. Sie nahmen niemanden wahr. Sie waren irgendwo in eine andere Welt abgetaucht. Sie küssten sich, als wäre es das erste Mal, und außer ihnen wusste nur Gina, dass dies auch der Fall war. Julien war also tatsächlich gekommen, um Najah zu retten. Gott sei Dank. Gina hasste Filme ohne Happy End.

»Habe ich nicht gesagt, dass ich die Dinge in Ordnung bringe?«, hörte sie jemanden hinter sich sagen.

Sie drehte sich um. Vor ihr stand ihr Großvater. Er hatte seine Arzttasche in der Hand, die alte braune Tasche, die nach Leder roch.

»Aber wie hast du das geschafft?«, fragte sie.

»Frag deine Mutter. Ich muss mich um Monsieur Saïd kümmern.«

Er ging an ihr vorbei zu dem Gemüsehändler, der noch immer an derselben Stelle wie zuvor lag, sich kurz aufrichtete und Gina zuwinkte. »*Bonsoir, mademoiselle Gina. Comment ça va?*«

»*Bien, merci.*«

Dann klopfte sie ihrer Mutter auf die Schulter und rief: »Maman.«

Maman schluchzte so laut, dass es Gina peinlich war. »Maman, es ist ja alles in Ordnung. Ich lebe doch und du auch.«

Im nächsten Moment fand sich Gina in den Armen ihrer Mutter wieder. »Mein Gott. Wo warst du? Ich habe versucht, dich anzurufen und da war immer nur dieser seltsame Mann. Ich habe gedacht, er hätte dich entführt. Warum habe ich dir nur nicht geglaubt? Es tut mir so leid, *ma petite.*«

Eine Welle der Erleichterung ging durch Ginas Körper. Jetzt hatte sie das Gefühl, dass tatsächlich alles vorbei war. Sie war in Sicherheit. Tränen schossen in ihre Augen, doch als sie in das verweinte Gesicht ihrer Mutter sah, wusste sie, dass sie genau so nicht aussehen wollte. Sie holte tief Luft und riss sich zusammen. »Ich war in Paris«, sagte sie, »in der Stadt, in der ich geboren wurde. Aber ich spreche erst wieder mit dir, wenn du dich mit Grand-père versöhnst.«

»Kamera läuft!«, hörte sie Noah rufen.

Sie drehte sich um und in diesem Moment flammte das Blitzlicht ihres Handys auf.

»Bitte lächeln.«

☾

Siebenundzwanzig

SDEDG
CU.
4EM
Schön, dass es dich gibt.
See you.
For ever Marie.

Gina legte das Handy zur Seite und seufzte erleichtert. Marie war nicht sauer. Nicht einmal als sie hörte, dass ihr Herz irgendwo auf den Straßen von Paris verloren gegangen war.

»Ist doch nur Glas gewesen«, hatte sie gesagt, »aber unsere Freundschaft ist echt.«

Gina hob das Glas Minztee an ihre Lippen und schaute über die Veranda des Ferienhauses Richtung Strand, wo Noahs Mutter Hakimas Rollstuhl über die Holzbohlen hinunter zum Meer schob. Ihr Großvater hatte gesagt, es gäbe einen Spezialisten an seiner Klinik, der Hakima helfen könne.

Zufrieden schob sie die Sonnenbrille ins Gesicht und wandte sich wieder dem Buch zu.

Der Morgen war noch fern, da begann Scheherazade eine neue Geschichte. Diese war noch spannender als die erste, aber ehe sie zum Schluss gelangt war, graute der Morgen. So verschob sie die Fortsetzung auf die folgende Nacht. Und so tat sie es weiter, Nacht für Nacht. Und der Sultan verschob den Befehl, sie zu töten, von Morgen zu Morgen.

Plötzlich traf Gina ein Wasserschwall. Erschrocken sprang sie auf. Vor ihr standen Noah und Pauline. »Hey«, sagte er, »Najah und Julien wollen wissen, wann du kommst. Wir gehen ins Wasser.«
»Bald!«
»Wie lange liest du denn noch?«
»Bis zum Happy End«, antwortete Gina.
»Happy End«, fragte Pauline, die in ihrem knallgelben Badeanzug wie die Sonnengöttin aussah. »Was ist das?« Sie winkte Gina zu und zappelte ungeduldig. »Ich muss unbedingt das Surfbrett ausprobieren.« Und schon war sie weg.
Für einen Moment blieb Noah neben Ginas Liegestuhl stehen. Er murmelte irgendetwas auf Arabisch.
»Was hast du gesagt?«
Er lächelte nur rätselhaft, wandte sich um und rief im Laufen: »Sag ich dir später.«
Gina aber hatte noch etwas zu erledigen. Sie hatte es sich lange überlegt. Jetzt war der Zeitpunkt. Sie griff nach dem Handy und wählte die Nummer.
Es dauerte nicht lange und er meldete sich: »Hallo.«
»Hey, Tom.«
»Wer spricht da?«
»Ich mache Schluss mit dir.«
»Was?«
»Es ist aus zwischen uns. Verstehst du? Ende. Fini.«
»Was?«
Gina drückte das Gespräch weg. Vielleicht würde Tom diesen Anruf vergessen, aber sie nicht. Manchmal musste man eben selbst für ein Happy End sorgen.

The End

Krystyna Kuhn

Schneewittchenfalle

Stella und ihr Vater sind auf eine Nordseeinsel gezogen. Ihr Vater, um zu vergessen. Stella, um sich zu erinnern. Denn Stella hat bei dem Autounfall, bei dem ihre Mutter ums Leben gekommen ist, ihr Gedächtnis verloren. Doch dann geschehen Dinge auf der einsamen Insel, die Stellas schlimmste Alpträume wahr werden lassen. Und bald ahnt sie, dass ihre Erinnerungen der Schlüssel zur Wahrheit sind. Einer Wahrheit, die so unglaublich ist, dass das eigene Gedächtnis sich weigert, sie preiszugeben.

200 Seiten. Klappenbroschur.
ISBN 978-3-401-06085-9

www.arena-verlag.de